Felix Heidenreich
Ich erinnere mich noch

Felix Heidenreich
Ich erinnere mich noch

Roman

WALLSTEIN VERLAG

I.

Ich erinnere mich noch, dass es ein nasskalter Septembermorgen im Jahr 1985 war, als ich vor die Tür trat und mit meinem Rucksack beladen den Weg hinunter ins Tal einschlug. Morgendunst lag wie Watte am Talgrund und zerfetzte Wolken zogen langsam durch die Baumwipfel. Den gegenüberliegenden Piz Mitgel konnte ich nur als Koloss erahnen, doch die Lärchen, die für die Landschaft Graubündens so typisch sind, zeigten bereits die ersten gelben Nadeln und kündigten einen Herbst an, in dem wie jedes Jahr die Wälder in strahlenden Farben leuchten würden.

Ich hatte einige Tage bei meinen Eltern verbracht, die damals noch ein bereits in die Jahre gekommenes Hotel betrieben, das unsere Familie mit Ach und Krach finanziell über Wasser hielt. Die beiden waren in aller Frühe mit mir aufgestanden und wir hatten schweigend gefrühstückt, so wie es auch auf den Höfen dieser Gegend üblich war und noch immer ist, wo man um vier Uhr aufsteht, weil man sich mit dem ersten Tageslicht um das Vieh kümmern muss.

Mit hungrigen Atemzügen sog ich die herrliche Morgenluft in meine Lungen und meine Gedanken begannen, an meinen Studienort zu wandern, nach Fribourg, wohin ich über Tiefencastel, Chur und Zürich an diesem Tag zurückreisen wollte, um in der kommenden Woche das neue Semester zu beginnen. Meine Eltern, im Türrahmen stehend, hatten mir einen letzten Gruß mit auf den Weg gegeben, ein leises »Bun viadi, Dorela!«, und es schien mir, als sei dieser nach wenigen Tagen erfolgende Abschied mit einer besonderen Schwere beladen, ganz so, als verließe ich mein Elternhaus aufs Neue. Da mein jüngerer Bruder Mathis im Sommer ebenfalls ausgezogen war, lebten meine Eltern nun allein.

Die Dorfstraße führte nach einer langgezogenen Kurve in den Wald, wo ich auf einen schmalen Weg abbog, der als Abkürzung diente und erst kurz über Tiefencastel wieder aus dem Wald hinausführte. Mein Blick flog über den weichen Waldboden, über Wurzeln und Steine, die aus der Erde ragten, über Buschwerk am Rande des Weges, auf dem sich der Morgentau gesammelt hatte. Nun in die schöne Universitätsstadt in der Westschweiz zurückzukehren, war eigentlich nichts Besonderes, beinahe schon eine Art Routine. Und doch ging mir durch den Kopf, dass ich als junge Frau, deren Eltern nicht studiert hatten, die aus einem winzigen Dorf in einer entlegenen Gegend kam, wie in eine andere Welt fuhr. Sprachen waren mir schon in der Schule leichtgefallen, denn wer in unserem Tal aufwuchs, hatte nicht nur das Rätoromanische und Schweizerdeutsche im Ohr, sondern auch das Italienische, das die wenigen Bergkuppen zum nahen Tessin mühelos überwand und schon damals, in den 1970er- und 80er-Jahren, durch viele Verbindungen präsent war, nicht nur durch die Handwerker und Bauarbeiter, sondern auch durch wohlhabende Skitouristen aus Mailand.

Da vernahm ich ein Geräusch. Ich blieb stehen, lauschte und hörte eine Art Schreien, das eindeutig vom Abhang links unter mir kam. War das ein Tier oder ein Mensch?

Ich trat einige Schritte ins Gebüsch am Wegesrand und blickte in ein undurchdringliches Grün aus Buschwerk und Bäumen. Wieder hörte ich den seltsamen Schrei, mit dem irgendetwas Lebendiges um Hilfe schrie. Ich rief hinab, doch das Schreien endete nicht, als habe man mich nicht gehört.

Kurz entschlossen setzte ich meinen schweren Rucksack ab und stieg, mehr rutschend und schlitternd als gehend, nach unten in eine Talsenke, an deren Grund ich außer Atem das Gleichgewicht wiedersuchte. Ich konnte keine Spuren entdecken, die einen Rückschluss auf ein mögliches Ereignis erlaubt hätten. Ein kleiner Bach, fast ein Rinnsal, suchte sich friedlich seinen Weg durch den Wald, das Schreien aber war nicht mehr zu hören. Noch einmal rief ich in den Wald, doch es waren nur das leise Plätschern und ein wenig Gezwitscher zu hören. Mein Blick schweifte über die mächtigen Stämme der Lärchen, deren Spitzen sich sanft im Wind bewegten und ein mir vertrautes Rauschen erzeugten.

Mühsam stieg ich wieder hinauf zu meinem Pfad, wo ich verschwitzt, mit schmutzigen Händen und rasendem Puls ankam. Für einen kurzen Moment stützte ich mich mit den Händen auf den Knien ab und atmete tief durch. Hatte ich mir diesen Schrei vielleicht eingebildet? Ich schulterte den Rucksack und ging, nachdem ich auf die Uhr gesehen hatte, mit schnellen Schritten weiter, in der Gewissheit, mit diesem schnellen Tempo den Zug gerade noch zu erreichen.

Als ich kurz darauf den Bahnhofsplatz in Tiefencastel überquerte, eine trostlose und kahle Betonfläche, auf der die großen, gelben Postbusse wendeten, warf ich einen Blick zurück in die Richtung jener Stelle, an der ich das seltsame Schreien gehört hatte, und da schien es mir, als blinkte etwas im Wald, als reflektierte sich das Licht der aufgehenden Sonne in einem Spiegel oder Metallteil. Schon rollte mein Zug ein, der damals noch nicht elektrisch angetrieben war, sondern mit dröhnender Dieselkraft, aber nicht weniger zuverlässig und pünktlich die Strecke, aus dem Engadin kommend, nach Chur bediente.

Nur wenige Fahrgäste stiegen zu dieser Stunde ein, einige Pendler, die durch ihre Arbeitskleidung erkennbar waren und ganz offenbar in der Hauptstadt des Kantons jene Arbeit gefunden hatten, die es hier in den entlegenen Tälern nicht gab. Ich setzte meinen Rucksack ab und ließ mich in meinen Sitz fallen, verwirrt und beunruhigt. Auch heute noch erinnere ich mich an die Beschaffenheit und den eigenartigen Geruch, der von diesen Zugsesseln ausging, von ihrem unverwüstlichen, grauen Stoff, auf dem sie alle Fahrgäste gleichermaßen willkommen hießen. Täuschte mich meine Erinnerung, oder fiel mir diese Duldsamkeit der Sitze an diesem Morgen wirklich zum ersten Mal auf? Noch einmal blickte ich durchs Zugfenster hinüber auf den Berghang, den ich soeben zu Fuß durchkreuzt hatte, und wieder sah ich das merkwürdige Blinken, das erst verschwand, als sich der Zug in Bewegung setzte.

Zunächst fiel es mir schwer, den Vorfall zu vergessen, und während sich der Zug durch die kurvenreichen Tunnel dieser Gegend arbeitete, hing ich in meinen Gedanken der Frage nach, wer oder was dort so seltsam geschrien haben mochte. Ein verletztes Kind, das sich verlaufen hatte? Hätte ich noch länger, gründlicher suchen müssen? In Chur stieg ich um, und mit der ins Rheintal hinabstrahlenden Sonne und dem schnelleren Tempo, das die gerade Strecke erlaubte, die die Bahnfahrt von Chur nach

Zürich prägt, traten diese Gedanken in den Hintergrund und mein Heimattal rückte weiter in die Ferne.

Ich dachte nun wieder an Fribourg, mein Studium, das kommende Semester, mein beginnendes letztes Studienjahr. Im Frühling hatte ich dort jemanden kennengelernt, der mich auf seltsame Weise interessierte. Antoine strebte – wie ich – das Lehramt an; wir waren uns in mehreren Kursen begegnet, wo er sich fast immer an den linken Rand des Saales setzte. Er hatte tiefschwarze Augen und schwarzes, dichtes Haar, stammte aus Genf und sein Name, Antoine Guérin, machte seine Erscheinung aus mir selbst unerfindlichen Gründen noch interessanter. Klang *Guérin* nicht irgendwie wie *guérir*, heilen?, dachte ich, während ich aus dem Zugfenster auf den Rhein sah, der bei Chur bereits zu einer Art Wasserautobahn geformt und in einen schnurgeraden Betonkanal gezwängt war. Wenn ich Antoine an der Uni traf, war ich mir unsicher, ob auch er in diesen Momenten eine besondere Spannung, ein Gefühl des Möglichen spürte, so dachte ich aus dem Fenster blickend.

Eigentlich hätte ich Stendhals *Rot und Schwarz* lesen sollen, *un grand classique*, wie unsere Professorin betont hatte, als sie uns die Lektüreliste erläuterte, doch ich musste unwillkürlich an Antoine denken. Alles, ausnahmslos alles, war für sie ein großer Klassiker, und so schlug ich Stendhal entschlossen zu. Ob ich in Antoine verliebt war, hätte ich zu diesem Zeitpunkt wohl nicht sagen können, denn die wenigen Begegnungen hatten zumindest nicht zu einem *coup de foudre* geführt, zum Blitzeinschlag einer leidenschaftlichen Liebe, die keine Rückfragen zulässt. Und obwohl ich das unbestimmte Gefühl hatte, mich in ihn verlieben zu können, würde ich es nur darauf anlegen, dachte ich, während meine Blicke gedankenverloren erst über das Rheintal und dann den Züri-See schweiften.

Ich erinnere mich noch, dass es mir die längere Umsteigezeit in Zürich erlaubte, eine Ausgabe der *NZZ* zu kaufen, eine dicke Samstagsausgabe, die ich schon damals besonders liebte, ein teures Wochenendgeschenk, das ich trotz meines beschränkten Budgets vor mir rechtfertigen konnte mit dem Argument, hier werde ich etwas lernen. Der Platzspitz in unmittelbarer Nähe des Hauptbahnhofs begann schon damals, Mitte der 80er-Jahre, jene Entwicklung einzuschlagen, die ihm am Ende des Jahrzehnts den Ruf eines europaweiten Heroin-Hotspots einbringen sollte, auch wenn damals die Junkies ihrer Sucht noch etwas verstohlener nachgingen. Wie seelenlose Zombies liefen hier manche Gestalten umher, mit weißer Haut, als seien sie bereits tot, auf der Suche nach dem nächsten Schuss. Ich war froh, als ich endlich wieder im Zug saß und mich meiner Zeitung widmen konnte, doch es gelang mir nicht, mich in der Lektüre zu verlieren, und immer wieder wanderte mein Blick auf die Bergkuppen des Berner Oberlandes, die mir im Vergleich zu den schroffen Gipfeln meiner Bündner Heimat seltsamerweise friedlicher erschienen.

Als ich schließlich in Fribourg vom Bahnhof zu meinem Wohnheim trottete, war ich erschöpft, und meine Gedanken waren keineswegs klarer geworden. Vielmehr fühlte ich mich erdrückt von dem Gedanken, dass jeder mögliche weitere Schritt, der mich Antoine nähern oder mich von ihm entfernen würde, meinem ganzen Leben eine Richtung geben könnte. Mein Lebensweg, ob ich Kinder haben würde, wo ich leben und ob ich glücklich werden würde, all dies könnte davon abhängen, ob ich den ersten Regungen einer Zuneigung nachgeben oder diese eher beiseite schieben würde. Damals war alles möglich, mit ihm glücklich oder unglücklich, ohne ihn glücklich oder unglücklich zu werden.

Erst als ich im Bett lag und nach einigen Seiten Stendhal das Licht ausknipste, stieg allmählich die Erinnerung an jenes Ereignis in mir auf, das am selben Tag in aller Frühe und am anderen Ende des Landes geschehen war und mir nun vorkam wie eine Erinnerung an eine andere Welt, wie ein bloßes Traumgebilde. Und in diese Welt aus Bildern und Klängen sank ich schnell hinüber in einen Schlaf voll wirrer Träume, aus dem ich erst spät am folgenden Morgen erwachte.

Am nächsten Morgen wurde ich von den lauten Gesprächen meiner Kommilitoninnen in der Gemeinschaftsküche unseres Wohnheims geweckt. Ich ging schließlich schlaftrunken hinüber in den kahlen Raum, wo Marlène und Sylvie vor großen Kaffeetassen saßen und rauchten, vor ihnen ein bereits gut gefüllter Aschenbecher. Die neuesten Ereignisse waren bald berichtet, zumal ich aus irgendeinem Grund über mein Erlebnis vom vorangegangenen Morgen schwieg, ganz so, als handele es sich um eine zu intime Angelegenheit. Die beiden studierten »Jus«, wie man in der Schweiz sagt, und auch wenn wir uns als Freundinnen betrachteten, öffnete sich der Graben zwischen uns umso stärker, desto weiter wir uns auf das Ende des Studiums zubewegten. Wie wir so beisammen saßen, die beiden in Morgenmänteln, ich in einem Flanellpyjama, hatte ich das Gefühl, ich müsse um Marlènes Freundschaft kämpfen, das Gefühl, sie bewege sie sich von mir weg durch kaum merkliche Gesten und einen neuen Tonfall in ihrer Stimme. Schließlich stand ich auf und ging zurück in mein Zimmer, unschlüssig darüber, wie ich den freien Tag verbringen wollte.

In Fribourg war der September heller und sommerlicher als in meiner Heimat. Ein Gang ins nahegelegene

Bad, das berühmte Motta-Schwimmbad, das schon damals über die großen 50-Meter-Bahnen verfügte, war eine naheliegende Möglichkeit, einen Sonntag vor Semesterbeginn zu verbringen. Anders als im Falle der Saane, die sich bekanntlich in engen Bögen um die Altstadt schlängelt und viele Bademöglichkeiten bietet, konnte man im Motta-Schwimmbad das Wasser nicht nur zur Abkühlung nutzen, sondern konzentriert einige Bahnen durch klares Wasser ziehen. Die Begeisterung für Sport, die viele meiner Mitschüler am Ende meiner Schulzeit ergriff, hatte ich nie nachvollziehen können, und doch hatte ich mir angewöhnt, morgens, in aller Frühe, in die Basse Ville zum Motta-Schwimmbad hinunterzuradeln und zusammen mit einer eingeschworenen Gemeinschaft von Frühschwimmern ins bisweilen klirrend kalte Wasser zu steigen. An diesem Sonntag war ich jedoch später dran, es waren bereits deutlich mehr Gäste als sonst vor Ort, und doch freute ich mich über das Glitzern auf der sich bewegenden Wasseroberfläche.

Ich brauchte einige Zeit, um meinen Rhythmus zu finden, das weit ausgreifende Kraulen mit der Schlagbewegung der Beine und dem Atem so zu synchronisieren, dass alle Elemente nahtlos ineinandergriffen wie in einem Uhrwerk. Unter mir zog der gekachelte Boden des Beckens dahin und in meinen Ohren rauschte das Wasser. Schon als kleines Kind habe ich die schönen Muster geliebt, die entstehen, wenn das Licht durch die sich bewegende Oberfläche auf den Grund des Beckens fällt.

Ich war aus dem Wasser gestiegen und schloss gerade für einen kurzen Moment die Augen unter der Außendusche, wo ich mir das chlorhaltige Wasser vom Leib spülte, da spürte ich eine kurze Berührung an meinem rechten Arm. Ich öffnete die Augen und sah Antoine, der mich im Vorbeigehen gestreift hatte und mir, ohne anzuhalten und nur von einer kurzen Kopfdrehung begleitet, ein leises »Pardon!« zuflüsterte, lächelnd wie ein kleiner Junge. Ich antwortete etwas verwirrt mit »Salut!« und tat so, als wäre ich keineswegs überrascht.

Er ging weiter zum Becken und seine Schritte hinterließen Fußabdrücke aus Wasser auf dem hellen, gelben Stein. Ich blickte erstaunt auf seinen schlanken und athletischen Körper, der auffallend sportlich war. Als er ins Wasser stieg, sah ich die Muskeln auf seinem Bauch und wandte etwas beschämt die Augen ab, ganz so, als hätte ich mich selbst bei einem zu aufdringlichen Blick ertappt.

In der Umkleidekabine zog ich meinen Badeanzug aus, trocknete mich ab und schlüpfte in einen Bikini. Ich setzte mich im Halbschatten der hohen Platanen auf mein Handtuch und zog die Zeitung, die ich gestern nicht zu lesen vermocht hatte, aus dem Rucksack. Als mein Blick über das Schwimmbecken glitt, sah ich Antoine in regelmäßigen Abständen aus dem Wasser tauchen und sah, dass er nicht kraulte, wie ich es tat, sondern offenbar ein Brustschwimmer war.

Aus meinen langen, hellbraunen Haaren tropfte das Wasser immer wieder auf die Zeitung, die ich mir auf die gekreuzten Beine gelegt hatte und die mir nun viel verständlicher und interessanter erschien als gestern im Zug. Im Kulturteil blieb ich an einer kurzen Meldung hängen, in der über eine Entdeckung in einem Archiv, über einen Brief Stendhals, berichtet wurde, der, so wurde gesagt, den Blick auf sein Werk völlig verändere. Ein sanfter Wind strich über meine Haut, auf der sich die Härchen gegen die Kühle sträubten. Es wurde nicht näher ausgeführt, worum es in Stendhals Brief eigentlich ging, und obwohl ich den kurzen Artikel mehrfach las, konnte ich nicht herausfinden, was genau in dem erwähnten Dokument Umstürzendes zutage trat. Der Name des Autors war nur als Kürzel daruntergesetzt – E.H. – offenbar ein Redaktor, der lediglich eine Meldung bearbeitet hatte.

Ich war gerade bei den weniger interessanten Lokalnachrichten aus Zürich angekommen, als ein einzelner kalter Tropfen auf meinen Oberschenkel fiel. Er stammte nicht aus meinen Haaren, sondern von Antoine, der sich neben mich gestellt hatte und mir über die Schulter sah, offenbar, um zu sehen, was ich da las. Ich erinnere mich noch, dass dieser Tropfen wie ein Meteorit einschlug und sich anfühlte wie eine Berührung. Er lief kalt an der Innenseite meines Schenkels nach unten.

»Il dit quoi, ton journal?«, fragte Antoine und legte sich auf den Rücken vor mir ins Gras. Ich erzählte ihm von Stendhals Brief, doch er lächelte nur und sagte, Stendhal sei ja nicht schlecht, aber Camus sei der Größte. Er hatte sich auf die Ellbogen gestützt und auf seinem Bauch glitzerten die Wassertropfen, während er mir erzählte, er wolle eines Tages nach Lourmarin fahren, wo Camus begraben sei, um den schlichten Grabstein zu sehen, auf dem beinahe nichts geschrieben stehe, nur die Lebensdaten, so habe er gelesen. Dieser Grabstein sei, so Antoine, als Camus' letzter Text zu betrachten, der in seiner Klarheit und Einfachheit das Werk abschließe wie eine letzte Unterschrift.

Für einen kurzen Moment verspürte ich den Impuls, mich nach vorne zu lehnen, ihm einfach über den Bauch zu streichen und ihn zu küssen, doch stattdessen hörte ich ihm zu, während er davon schwärmte, wie schön der Süden sei, dass er Aix-en-Provence gut kenne und unbedingt von dort aus den Lubéron erkunden wolle. Von Camus hatte ich noch nicht viel gelesen, nur die allseits bekannten Romane, keine Essays, und so fühlte ich mich unsicher, als mir Antoine von einem Autor vorschwärmte, der damals, Mitte der 1980er-Jahre, bereits zu einem Klassiker geworden war.

Zu meiner Unsicherheit trug aber vor allem der Umstand bei, dass ich intensiver als je zuvor das Gefühl hatte, meinen Blick nicht von Antoines Augen abwenden zu können. Sein glänzendes Haar fiel ihm in pechschwarzen Strähnen ins Gesicht, und ich war mir unsicher, ob die dahinter aufblitzenden Augen nun hellgrün oder hellblau waren. In diesem Moment im La Motta verliebte ich mich in ihn.

Mit größter Aufmerksamkeit achtete ich auf Signale, die darauf schließen lassen könnten, dass es ihm ähnlich ging, dass auch er meinen Blick suchte, doch er wirkte so entspannt und redete so beiläufig, als wäre all dies für ihn nicht wichtig, als könnte er genauso gut mit jedem anderen Mädchen über jeden anderen Autor plaudern.

Irgendwann schlug er vor, noch einmal schwimmen zu gehen, und nach einigen Bahnen saßen wir in der Mittagssonne am Beckenrand nebeneinander, etwas fröstelnd, denn der Wind hatte aufgefrischt und die Sonne war hinter einer großen Wolke verschwunden. Unsere Beine baumelten im Wasser, als Antoine mich nach meinem Akzent fragte, und ich erinnere mich noch, dass er in dieser Frage selbst den ersten Wortteil nach Schweizer Art etwas stärker betonte – *un áccent bízarre* –, als es in Frankreich üblich ist. Ich erzählte ihm, woher ich kam, *les Grisons*, da sah ich, dass meine Mitbewohnerin Marlène ins Schwimmbad kam und sich umsah, als suchte sie jemanden. Sie entdeckte schließlich mich, und in dem Moment spürte ich, wie Antoines nasser Oberarm meinen berührte, ganz beiläufig. Doch ich konnte nicht reagieren, denn schon stand Marlène vor mir und sagte: »Deine Mutter hat angerufen. Es ist etwas passiert. Du sollst sie zurückrufen.«

»Je dois y aller«, sagte ich zu Antoine, ging sofort in die Umkleide und zog mich in großer Eile um. Als ich das Bad verließ, sah ich, dass Marlène sich mit Antoine unterhielt, der noch immer mit den Beinen im Wasser saß und durch seine nassen Haare zu ihr aufblinzelte. Ich entriegelte mit zittrigen Händen das Fahrradschloss und trat kräftig in die Pedale, um schnell voranzukommen. Auf dem Weg zurück zum Wohnheim, wo auf dem Gang unser Gemeinschaftstelefon an der Wand hing, versuchte ich verzweifelt eine Antwort auf die Frage zu finden, was geschehen sein könnte.

Nur selten benutzen wir das Telefon, da man sich unter Studenten in der kleinen Stadt ohnehin ständig über den Weg lief. Damals war das Telefonieren noch teuer, und wir hatten eine kleine Liste neben dem Telefon hängen, auf der wir notierten, wer wie viele Einheiten zu bezahlen hatte. Ich drehte die Wählscheibe mit zitternden Händen. Das Freizeichen ertönte zwei Mal, dann nahm meine Mutter ab. »Ich bin's. Was ist passiert?«, sagte ich.

Ihre Stimme bebte, als sie mir erzählte, ihr Bruder Durs sei in Berlin verschwunden, seit einer Woche nicht in der Schweizer Vertretung erschienen, wo er als Hausmeister und Fahrer arbeitete, die Polizei habe sie angerufen, weil die Mitarbeiter der Vertretung sich Sorgen machten. Alle Verwandten seien kontaktiert, die Berliner Polizei habe heute früh in Anwesenheit einer Vertreterin der Schweizer Botschaft aus Bonn die Wohnung geöffnet, aber nichts gefunden, auch keinen Abschiedsbrief. Ich solle mich sofort melden, falls mein Onkel Kontakt mit mir aufnehme.

»Hab keine Angst, Mama«, antwortete ich, ein idiotischer Ratschlag, wie mir selbst sofort auffiel, denn natürlich war dieses Verschwinden beunruhigend, zumal mein Onkel Durs nicht zu spontanen Reisen oder zu Unzuverlässigkeit neigte. Wir versprachen uns gegenseitig, einander sofort zu kontaktieren, falls es etwas Neues gebe, und so verabschiedeten wir uns mit dem Gefühl, dass etwas sehr Ernstes geschehen sein musste. Ich hängte den Hörer auf und starrte das Telefon mit seiner Wählscheibe einen Moment rätselnd an. Noch heute habe ich die seltsam kraftlos-beige Farbe des Plastiks vor Augen. Dann ging ich den Gang hinab in mein Zimmer.

Dort setzte ich mich auf mein Bett und überlegte, fand aber keine Erklärung. Durs war mein Lieblingsonkel, ein stiller, ehrlicher Mann. Er hatte lange in Chur bei der Kantonalverwaltung gearbeitet und war dann über Kontakte nach Berlin gewechselt in den diplomatischen Dienst, auf der untersten Ebene, als Verwaltungsangestellter. Er war, so hatte ich ihn verstanden, eine Art Mann für alles, kümmerte sich um die Mittelverwaltung, den Dienstwagen, ja sogar den Garten der Vertretung. Ein Suizid schien mir ausgeschlossen, und die Vorstellung, Durs könne in kriminelle Machenschaften verwickelt sein, war schlicht grotesk. Während ich meine Badesachen zum Trocknen aufhängte, kreisten meine Gedanken weiter. Auch ein Badeunfall war unwahrscheinlich, denn mein Onkel war gesund und würde sich auf den Badeseen im Berliner Umland nicht zu unvernünftigen Abenteuern hinreißen lassen. Mir wurde klar, dass ich momentan nichts unternehmen konnte, um dieses Rätsel zu lösen, da fiel mein Blick auf die Zeitung, die ich aus meiner Badetasche genommen hatte. Ich schnitt den Artikel über Stendhals Brief sorgfältig aus und legte ihn in meine Ausgabe von *Le Rouge et le Noir*. Dann begann ich, meine Dinge für das beginnende Semester zu ordnen, Kurse aus dem Vorlesungsverzeichnis herauszusuchen und mir einen Überblick zu verschaffen.

Damals waren die formalen Anforderungen im Studium noch gering und man musste nur eine kleine Anzahl von Scheinen erwerben, um zum Examen zugelassen zu werden. Zu den Pflichtveranstaltungen für angehende Französischlehrer gehörten neben den Sprachübungen und der Sprachgeschichte einige literaturwissenschaftliche Kurse. Ich hatte bereits bei Erscheinen des Vorlesungsverzeichnisses einige Dinge ins Auge gefasst, erstellte mir nun aber einen präzisen Wochenplan, in den ich alle Kurse sorgfältig eintrug. Neben dem 18. Jahrhundert standen vor allem die großen Romane des 19. Jahrhunderts auf dem Programm, daneben Sprachgeschichte und Landeskunde. Im Frühling würde ich bereits meinen Abschluss machen, dann eine kantonale Nachprüfung in Graubünden durchstehen müssen und schließlich ins Schulpraktikum überwechseln. Mir schauderte bei dem Gedanken, dass mein Studium bereits auf der Zielgeraden war, dass der oft beschworene *Ernst* bald beginnen würde.

Am Abend arbeitete ich in einer der Studentenkneipen in der Altstadt, dem *Café populaire*, eine beliebte und recht bequeme Art, etwas Geld zu verdienen. Damals wurde noch sehr viel geraucht und im Rückblick scheint es mir fast unbegreiflich, dass wir es zu jener Zeit ganz normal fanden, nach einer langen Arbeitsschicht in einer Kleidung nach Hause zu kommen, in die sich über Stunden der Qualm hineingefressen hatte. Ich selbst paffte ab und zu mit, aber vor allem, um die Gesten der Filmhelden und intellektuellen Ikonen nachzuahmen, nicht um eine Schmacht nach Nikotin zu befriedigen. Mitte der 80er-Jahre waren lange Diskussionen über die Weltlage ein weit verbreitetes Phänomen, und wenn ich heute zurückdenke, schäme ich mich beinahe für all den Unsinn, den wir damals über die baskische Unabhängigkeitsbewegung, die Nahostfrage oder die Machenschaften der CIA zu wissen glaubten. Unendlich fern erscheint mir heute diese Welt des jugendlichen Halbeifers, untergegangen sind die Anflüge von Entschlossenheit, die wir damals wie eine Monstranz vor uns hertrugen, dieses unbestimmte Gefühl, ein ganz großes Rad zu drehen, auf der richtigen Seite der Geschichte zu stehen, Bescheid zu wissen. Den ganzen Abend hatte ich gehofft, Antoine würde kommen, und jedes Mal, wenn sich die Türe öffnete, wurde mein Blick magisch zum Eingang gezogen.

Als ich schließlich gegen Mitternacht auf meinem alten Rad über das Kopfsteinpflaster nach Hause fuhr, fiel mir Onkel Durs wieder ein. Was könnte ihm bloß zugestoßen sein? Gab es eine Verbindung zu meinem Erlebnis im Wald? Hatte ich am Samstagmorgen etwa ihn gehört, vielleicht über tausende Kilometer Entfernung? Vielleicht hatte ich den Schrei gar nicht wirklich gehört, sondern lediglich gespürt. Als ich im Wohnheim ankam, war dort bereits alles still. In unseren Wohnheimzimmern gab es ein Waschbecken, und während ich mir dort die Zähne putzte, sah ich mir selbst in die Augen, so als wollte ich mir eine Frage stellen. Mir fiel auf, dass meine Augen ein dunkleres Braun angenommen hatten, so schien es mir jedenfalls. Ich fiel erschöpft ins Bett und sah beim Einschlafen Antoine lächelnd am Beckenrand sitzen, in der hellen Septembersonne, die auf dem Wasser tanzte. Seine Augen strahlten in einem schillernden Blau und Grün und sein Lachen war unverschämt, frech und selbstgewiss.

Als ich am nächsten Morgen in der ersten Seminarsitzung des sprachwissenschaftlichen Kurses saß, steckte mir der Abend noch in den Knochen und ich musste mich angestrengt wachhalten, als der Dozent, ein Dr. Duval, erläuterte, sein Kurs werde die Frage behandeln, was den romanischen Sprachraum eigentlich verbinde, die *Romania*, wie er sagte, die sich von Rumänien im Osten über Spanien und die ehemaligen spanischen Kolonien bis in die Wälder Brasiliens erstrecke, wo das Portugiesische, wenn auch nicht selten in kreolischen Mischformen, als ein letzter Wegweiser zu finden sei, zurückweisend zum Herzen des Imperiums, nach Rom.

Ich meldete ich mich, als die Referate verteilt wurden, ohne nachzudenken, bei einem Thema, von dem ich schon einmal gehört hatte, nämlich der sogenannten *questione ladina*. Unter diesem Titel wurde seit langem über die Frage gestritten, ob und inwiefern das Bündnerromanische, das Dolomitenladinische und Friaulische als bloße Varianten einer gemeinsamen Sprache oder aber als selbstständig zu betrachten seien. Als Dr. Duval meine Meldung notierte, quittierte er meinen Vornamen mit einem wissenden Lächeln. Die Herkunft von *Dorela* war unschwer zu erkennen und anders als heute, da ich diesen etwas skurrilen rätoromanischen Namen mit Stolz trage, ärgerte ich mich damals darüber, dass meine Eltern mir nicht einen global kompatiblen Vornamen gegeben hatten, sondern mich nach einem Schwarzkehlchen benannt hatten, das in meiner Heimat für seinen schönen Gesang bekannt ist. Das kurze, kaum merkliche Schmunzeln auf den Lippen des Dozenten hinterließ bei mir das Gefühl, ertappt worden zu sein, als hätte ich mich wie ein Bauernmädchen eingeschlichen in eine ehrbare Universität, die für bessere Kreise reserviert war. In diesem Moment verspürte ich einen tiefen Groll gegen Dr. Duval, und mit einem Mal schienen mir sein braunes Cordsakko und sein hellbrauner Rollkragenpullover hässlich, die Farbauswahl besonders misslungen und sein Bart ungepflegt. Auch sein einleitender Vortrag hinterließ bei mir das Gefühl, am falschen Ort zu sein, denn Namen und Orte, Theorien und Thesen wurden hier unverbunden aneinandergereiht wie Explosionen in einem Feuerwerk. Über ganz Europa erstreckten sich noch heute, so erklärte er, die Spuren des Römischen Reiches, dessen nach wie vor verbindende Kraft in der romanischen Sprachgemeinschaft erkennbar sei. Unter seinem Vollbart war kaum eine Bewegung seiner Lippen zu erkennen, während er in einem trockenen, etwas gestelzten Französisch mit seinen Erläuterungen fortfuhr. Auch in unserem Rechtsdenken, in der Architektur, in der Art, wie unser Militär organisiert sei, ja selbst in unseren Passstraßen und Brücken seien die Spuren eines Reiches lesbar, in dessen Trümmern wir als Erben lebten. In der Tat fiel mir ein, dass auch in meiner Heimat die alten Römerwege in den Bergen zu finden waren, alte Militärstraßen, die angelegt worden waren, um den Legionen einen schnellen Weg nach Norden zu ermöglichen. Diese Wege hatten wir als Dorfkinder erkundet und die Fahrrinnen in den großen Steinen freigelegt, die die Ochsenkarren vor hunderten, ja tausenden Jahren dort hineingekerbt hatten, beladen mit Weizen aus der Poebene, mit der die Legionäre im Norden versorgt werden mussten. Vor meinem inneren Auge versuchte ich mir vorzustellen, welche Befremdung in den Augen der Kelten gelegen haben mag, als sie zum ersten Mal die langen Reihen römischer Soldaten in ihren Tälern sahen mit ihren großen Schilden, ein jeder mit einem *pilum* und einem markanten Helm ausgestattet, lange Kolonnen aus glänzendem Eisen und rotem Tuch, Männer in seltsamen Sandalen, die man in den Bergen nicht kannte, weil man so etwas hier nicht brauchen konnte. Der Zerfall des Reiches, so Dr. Duval weiter, sei kein einmaliges Ereignis gewesen, sondern ein sich über Jahrhunderte erstreckender Prozess, da sich die kulturellen Prägungen als widerständig erwiesen hätten. Zwar sei das Ende der politischen Ordnung datierbar, doch der Zerfall des kulturellen Reiches halte immer noch an und sei allenthalben spürbar. In immer neuen Anläufen habe sich Europa gegen die Schwerkraft aufzulehnen versucht, die unaufhaltsam alles bergab ziehe, habe versucht, der Erosion des Sprachvermögens Einhalt zu gebieten und an den klassischen Stil anzuschließen. Und in diesem Sinne sei die gesamte europäische Kulturgeschichte nichts anderes als eine Abfolge immer neuer Renaissancen, von der karolingischen Renaissance im 8. und 9. Jahrhundert über das 14. und 15. Jahrhundert in Italien bis zum Neoklassizismus, der sich auf Andrea Palladio und dessen Formenlehre beziehe und in Thomas Jeffersons berühmtem Privathaus, der in der Nähe von Charlottesville im Bundesstaat Virginia erbauten *Villa Monticello*, erkennbar sei.

Die Augen drohten mir gerade zuzufallen bei diesen allzu allgemeinen, ja irgendwie skurrilen Spekulationen, da bemerkte ich, dass Antoine ganz vorne rechts saß. Er hatte sich bei der Referatsvergabe nicht gemeldet, an diesem Ende des Saals hatte ich ihn nicht erwartet. Von hinten waren nur seine längeren, glänzend schwarzen Haare zu sehen. Wie hatte ich die nur übersehen können? Wir hatten uns gestern eigentlich nicht verabschiedet, und ich wollte ihn nach dem Ende der Sitzung ansprechen, doch als sich die Gruppe nach einem flüchtigen Tischklopfen auflöste, war er verschwunden. Als ich vor das Gebäude trat, blendete mich das helle Licht und im großen Durcheinander einer sich gerade wiederbelebenden Universität konnte ich ihn nicht mehr entdecken.

Ich ging mit Marlène und Sylvie, meinen Mitbewohnerinnen, zur Mensa, die gerade erst öffnete. Für ein Mittagessen war es zu früh, und wir tranken nur einen Kaffee, den man damals als Student für zwei Franken bekam.

Wir hatten uns in die hinterste Ecke zurückgezogen und blickten zu dritt recht erschöpft auf den Platz vor der Mensa hinaus. »Du bist so still, Dorela«, sagte Marlène. Ich berichtete über das Verschwinden meines Onkels, doch die beiden konnten ebenfalls keine plausible Erklärung finden, und es blieb bei einer gemeinsamen Ratlosigkeit, einem Schweigen. Marlène band sich ihre gelockten, braunen Haare erneut zu einem Pferdeschwanz zusammen, als sich unsere Blicke trafen. Bald schon mussten die beiden zu ihrem nächsten Kurs, während ich blieb, und als sie davongingen, hatte ich das Gefühl, dass sie über mich sprachen, zumal sich Sylvie mit einem geradezu misstrauischen Blick über die Schulter nach mir umdrehte, als sie eng nebeneinander gehend schon fast aus meinem Sichtfeld verschwunden waren.

Ich fühlte mich von den beiden regelrecht beargwöhnt und überlegte, ob sie die Geschichte wohl für ein Indiz für das insgesamt verfehlte und beengte Dorfleben nehmen würden, aus dem ich kam, welches sie aber nur als Vorstellung und Fantasie vor Augen hatten. Als ich aufstehen wollte, versagten mir die Beine, mir wurde schlagartig schwarz vor Augen und ich sank auf den Boden.

Meine Ohnmacht dauerte nicht lang, und die Personen, die mir die Beine hochlegten und mir etwas Wasser ins Gesicht spritzten, versicherten mir später, dass es sich nur um einen kurzen Moment gehandelt habe. Und doch habe ich in diesen wenigen Sekunden einen intensiven Traum gehabt, der mich von diesem Tag an bis heute begleitet. Ich war wieder an der Stelle im Wald, unten am Bach, und auch dieses Mal hörte ich dort den Schrei, einen Todesschrei, wie mir im Traum klar wurde. Ich drehte mich um und sah plötzlich Onkel Durs hinter einem Stamm hervortreten. Er sah mich an, sein Blick war leer. Und dennoch schien er mir etwas sagen zu wollen, denn seine Lippen bewegten sich wie bei einem Sterbenden, der keine Luft mehr bekommt, als wäre er zu schwach, um zu sprechen. Er hatte einen leichten Bart und ich erinnere mich genau, dass ich angesichts seiner blassen Haut erschrak; *aschfahl*, dieses alte deutsche Wort fiel mir ein, und tatsächlich erschien er mir grau wie Asche. Er kam einige Schritte auf mich zu, da merkte ich, dass er mir ein altes, in braunes Leder gebundenes Buch entgegenstreckte. Sein Mund versuchte Worte zu formen, und als ich nach dem Buch griff, erwachte ich.

Als ich wieder zu mir kam, beugte sich jemand über mich, tropfte mir kaltes Wasser auf Stirn und Wangen, und als ich die Augen öffnete, sah ich, dass es Dr. Duval war, der mich ansah und sagte: »Dorela, vous-allez mieux?« Ich nickte nur und arbeitete mich langsam auf die Beine. Um mich hatte sich eine kleine Menschentraube gebildet, die sich schnell zerstreute, als man entschlossen feststellte, es sei nur eine kurze Kreislaufschwäche gewesen.

Durch den restlichen Tag wankte ich benommen wie durch ein rollendes Schiff in schwerer See. Der Boden schien zu schwanken, doch ich musste in zwei weiteren Kursen präsent sein und stand den Tag mehr schlecht als recht durch. Der Übersetzungskurs hatte mir immer Freude gemacht, doch dieses Mal kam mir die Arbeit, die für das kommende Semester angekündigt wurde – eine nicht endende Kette von Klassikern, beginnend mit Montaigne –, sinnlos vor, ja absurd, denn alle unsere Ergebnisse würden ja ohnehin nur im Papierkorb enden. Der Begriff *études préparatoires*, vorbereitende Übungen, erdrückte mich regelrecht, denn mein ganzes Leben erschien mir mit einem Mal wie eine einzige Vorbereitung auf etwas, das nie wirklich begann. In Frankreich, so erinnerte ich mich, gab es ja sogar die berühmten *classes préparatoires*, und nun grollte ich gegen die Idee der ewigen Vorbereitung. Niemand von uns würde je als Übersetzerin arbeiten, so dachte ich, und auch der Gedanke, dass es sich lohnen könne, die Klassiker erneut zu übersetzen, war mir damals noch völlig fremd.

In Landeskunde stand eine ausführliche Auseinandersetzung mit der französischen Besiedlung Nordamerikas, der Entstehung Québecs und den Besonderheiten der französischsprachigen Kultur Kanadas an, bei der das Thema der möglichen Autonomie nicht fehlen würde. Auch die Aussicht, mich mit den Problemen dieser fernen Regionen beschäftigen zu müssen, ermüdete mich.

Als ich am frühen Abend den Gang in unserem Wohnheim hinunterging, wurde mir schwarz vor Augen. Mir fiel ein, dass ich den ganzen Tag noch nichts gegessen hatte. Genau in diesem Moment klingelte das Telefon, und ohne zu zögern nahm ich ab. Es war meine Mutter und ich verstand sofort, was geschehen war, als ich sie weinen hörte. Sie hatten Durs gefunden.

Er war am Vormittag im Wald bei Bregenz von Forstarbeitern entdeckt worden, in verlotterter Kleidung, offenbar gestürzt und dadurch tödlich verletzt. Die Polizei könne nicht rekonstruieren, so erklärte mir meine Mutter mit bebender Stimme, wie er dort hingekommen war. Alles deute offenbar darauf hin, dass er seit längerem zu Fuß unterwegs gewesen war, denn er sei mit kaputten und verdreckten Schuhen gefunden worden. Die Ermittlungen gestalteten sich schwierig, denn nun seien neben der Berliner Polizei auch noch die österreichischen Behörden involviert.

Ich sagte meiner Mutter zu, morgen zu ihr zu fahren, hängte den Hörer an den Haken, ging in mein Zimmer und sank aufs Bett. Mein Bruder, der damals in Basel lebte, sah sich nicht in der Lage, zu kommen. Also würde es an mir liegen, meine Mutter zu unterstützen.

Ich war zu verwirrt und zu müde, um zu trauern. Vor meinen Augen tauchte ein Bild auf. Wieder sah ich Durs, wie er in meinem Traum hinter dem Baum hervortrat. Dursi, so nannten wir ihn in der Familie, war immer da gewesen. Wir hatten einmal einige Ferientage in einem kleinen Haus am Lago Maggiore verbracht, und ich erinnerte mich an ein Foto, auf dem zu sehen war, wie mein kleiner Bruder, damals vielleicht fünf Jahre alt, auf Onkel Dursis Schoß saß und lachte. Dursi war der fröhliche, entspannte Bruder meiner Mutter, er konnte nicht einfach tot sein, dachte ich. Dass Durs in Berlin untergetaucht war, um Tage später im Wald in Bregenz zu Tode zu stürzen, schien mir schlicht unfassbar. Die Situation kam mir selbst wie ein Traum vor, aus dem ich jeden Moment aufzuwachen hoffte.

Aber das geschah nicht. Ich atmete ein und atmete aus. Eine Songzeile kam mir in den Sinn: *You can kill or be killed – the sun's gonna shine*. Und so stand ich irgendwann einfach auf und ging in die Gemeinschaftsküche, um etwas zu essen. Glücklicherweise war dort niemand, und so konnte ich still und ungestört Müsli essen und meinen Gedanken nachhängen. Ich stand am Fenster, warmes Abendlicht fiel in den Raum, und ich blickte hinüber zu den friedlichen Hügeln rund um Fribourg.

Als meine Mutter und ich zwei Tage später in Tegel landeten, begleitete uns ein Gefühl der Beklemmung. Die Botschaft in Bonn hatte uns kontaktiert; die Vertretung in Westberlin würde uns zu Durs' Wohnung begleiten, wo wir in Anwesenheit der Berliner Polizei die Hinterlassenschaften sichten und für das Diplomatengepäck freigeben würden, mit dem sie dann zu uns verschickt würden, ohne die Grenzkontrollen der DDR durchlaufen zu müssen.

Ein leichter Nieselregen lag über der Stadt. Wir blickten hinab auf die Wohnblöcke, die in der Einflugschneise lagen und mir damals erschreckend groß vorkamen, beinahe wie Militärkasernen. Was mochten dort für Menschen leben, so dachte ich, welche Wünsche und Träume mochten in den Zimmern dieser Wohnanlagen heranwachsen, hinter Gardinen, Topfpflanzen und kleinen Kakteen, die ich aus dem Flugzeugfenster zu erkennen glaubte? Als wir aus dem Flughafengebäude in das Rondell hinaustraten, um nach der Buslinie zu suchen, fiel mir der Regen ins Gesicht. Ich nahm eine kühle Feuchtigkeit wahr, die aus einem Himmel herabkam, in dem keine einzelne Wolke zu erkennen war, nur ein formloses Grau wie ein Dach aus Blei.

Die Fahrt im Bus war eine Qual, denn die Luft war schlecht und das Ruckeln schien kein Ende zu nehmen. Meine Mutter und ich saßen wortlos nebeneinander und schauten in das fremde Westberlin hinaus, bis wir schließlich am Bahnhof Zoo ausstiegen, wo wir unseren Koffer in einem Schließfach verstauten, um dann etwas orientierungslos auf den Vorplatz zu treten. Der Regen war stärker geworden, aus feinem Wasserstaub bildeten sich allmählich größere Tropfen. Für Punkt 12 Uhr waren wir mit Durs' Kollegin von der Vertretung verabredet, und da wir noch eine Stunde Zeit hatten, setzten wir uns in ein Café direkt am Bahnhof Zoo. Erst jetzt, als wir hinter einer großen Glasscheibe saßen und zurück auf den Bahnhof blickten, fiel mir auf, dass eine Gruppe von Punks unter dem Vordach stand mit aufwendig gestylten Irokesenfrisuren und Lederjacken voller Nieten. Jetzt, gegen elf, schienen auch sie ihren Tag zu beginnen und öffneten das erste Dosenbier. Ihr Anblick erinnerte mich an den Bahnhof in Zürich, und ich weiß noch, dass ich mit einem Mal den Gedanken hatte, dass all jene, die auf diesem Planeten an Bahnhöfen hermlungern, eigentlich irgendwo hinwollen. Sie wollen irgendwo sein, wo sie nicht hinkommen, und sie wollen vielleicht etwas sein, was sie nicht sein können, stehen aber am Bahnhof, gefangen in einer nicht endenden *étude préparatoire*.

Wir bestellten einen Kaffee und blickten auf eine Gruppe kleiner Kinder, die den Bahnhofsplatz überquerte und mit ihren Betreuerinnen zum Zoo strebte. Die Kinder, sie mochten wohl alle um die sieben Jahre alt sein, wirkten ungewöhnlich laut und grob, ein Gedanke, den wir beide nicht auszusprechen brauchten, sondern durch einen stillen Blick teilten. Sie waren ungeduldig und wirkten gierig darauf, Tiere zu sehen, die zu ihrem Vergnügen, ja zu ihrer Belustigung, in Gefangenschaft gehalten wurden. Sie tobten laut durch den Regen, während die Begleiterinnen sie mit Ermahnungen zu zügeln versuchten. Ich stellte mir vor, dass diese kleinen Kinderkörper in ihren Regenjacken furchtbar schwitzen mussten.

»Glaubst du, dass sich Durs umgebracht hat?«, fragte ich meine Mutter schließlich.

Sie schwieg lange und blickte nachdenklich aus dem Fenster.

»Es könnte sein«, antwortete sie, »aber ich glaube es nicht«.

»Aber was hat er dort im Wald über Bregenz gemacht?«

»Vielleicht ist er vor etwas geflohen. Vielleicht hat er die Grenze zu Fuß überquert. Ich weiß es nicht. Er muss sehr verwirrt gewesen sein.«

Wir schwiegen. Da fuhr ein schwerer Mercedes mit einem Diplomatenkennzeichen auf den Platz vor dem Bahnhof. Es war der Wagen der Schweizer Vertretung, den mein Onkel immer gefahren hatte. Nun saß eine zierliche Frau mit dunklen Haaren am Steuer, Durs' Kollegin, mit der wir verabredet waren.

»Das muss sie sein«, sagte ich, und meine Mutter gab dem Kellner ein Zeichen, dass wir zahlen wollten.

Wir versanken regelrecht auf der Rückbank dieses riesigen Wagens und begrüßten die Dame auf Schweizerdeutsch. Es tat gut, vertraute Töne zu hören, auch wenn Durs' Kollegin nur die eigene Ratlosigkeit thematisieren konnte angesichts der Ereignisse, deren Tragik sie immer wieder beteuerte. Etwa eine halbe Stunde später standen wir in Dahlem vor einem großen Haus, in dem sich insgesamt sechs Mietwohnungen befanden. Unter großen schwarzen Regenschirmen warteten bereits zwei Kommissare des Berliner Landeskriminalamtes auf uns. Sie sollten die Sichtung protokollieren – ihre Namen hatte ich sofort wieder vergessen. Sie waren in Zivil gekommen und sahen überhaupt nicht aus wie Polizisten, eher unsportlich und ungelenk, dachte ich.

Wir gingen in den zweiten Stock und standen vor der Wohnungstür meines Onkels. Auf dem Klingelschild stand *Durs Steiner* und von der dunkelbraunen Holztür zum Türpfosten lief ein Klebesiegel der Polizei. Ich hatte meinen Onkel nie in Berlin besucht, und als das Klebesiegel durchschnitten wurde und einer der Kommissare die Tür öffnete, dachte ich, dass ich nun zu spät hier sei, dass ich viel früher hätte kommen sollen und dass Durs dann vielleicht noch leben würde. Vielleicht wäre all das nicht geschehen, wenn Durs das Gefühl gehabt hätte, jemand würde sich für ihn interessieren.

Wir betraten die Wohnung wie eine Bande Einbrecher, auf leisen Sohlen, aber irgendwie rücksichtslos. Die Kommissare gingen voraus, dann folgte meine Mutter, dann ich und schließlich die Kollegin von der Schweizer Vertretung. Wir traten in einen dunklen Gang, von dem mehrere Türen abgingen. Im Vorbeigehen sah ich kurz in die Küche, die sehr aufgeräumt wirkte, doch im Wohnzimmer bot sich uns ein erschreckender Anblick: Überall lagen Papiere und Bücher verstreut, auf dem Sofa, dem Teppichboden, den beiden Tischen, überall stapelten sich dicke Bände und vollgeschriebene Zettel. Für einen kurzen Moment hatte ich den Gedanken, diese Landschaft mit ihren Bergen und Tälern sehe aus wie der Blick auf die Alpen, die wir heute früh beim Start in Zürich-Kloten hinter uns gelassen hatten, ein Massiv aus Sedimenten und Schichtungen, durchzogen von Erosionen, Abbrüchen, Abgründen. In der Tat schien Durs seine Arbeitsmaterialien und Ergebnisse wahllos gestapelt zu haben. Manche Büchertürme waren umgekippt und hatten eine Art eingefrorene Bewegung auf dem Teppich gebildet, als seien sie gerade erst umgefallen.

»Oh Gott!«, sagte meine Mutter.

»Ihr Bruder hat offenbar an irgendetwas gearbeitet, aber wir können nicht nachvollziehen, worum es ihm ging«, sagte einer der Kommissare.

»Bei Mitgliedern des diplomatischen Corps stellen sich natürlich besondere Fragen. Wir müssen sichergehen, dass sein Verhalten und sein Tod nicht mit seiner Arbeit zusammenhängen«, sagte Durs' Kollegin, ohne auszuführen, was sie damit meinte.

»Hier, sehen Sie«, sagte der zweite Kommissar, »lauter Bücher über die Irokesen. Hat sich Ihr Bruder seit längerem für Indianer interessiert?«

»Für Indianer?«, fragte meine Mutter ungläubig. »Nein, nie.«

Wir gingen weiter durch die Wohnung, doch nirgendwo war das Bild so dramatisch wie im Wohnzimmer. Alle anderen Räume waren aufgeräumt. Sein Bett wirkte sogar wie frisch gemacht, auch das Bad war nicht auffällig. Alles sehr ordentlich.

Bald widmeten wir uns wieder dem Wohnzimmer. Meine Mutter und ich schlugen einige Bücher auf und wendeten wahllos ein paar Seiten hin und her. Durs schien sich in die Besiedlungsgeschichte Nordamerikas vertieft zu haben. Dass ein Mitarbeiter einer diplomatischen Vertretung nach Feierabend auch skurrile Interessen pflegte, war nicht außergewöhnlich, aber hier ging es ja nicht um ein Fachbuch, das man auf dem Bettkasten gefunden hatte, sondern um eine offenbar wie besessen, ja geradezu krankhaft anmutende Beschäftigung. Manche Aufzeichnungen waren auf Rumantsch, andere auf Deutsch und Englisch. Seine Schrift war kaum zu entziffern, ging immer wieder in hektisch wirkendes Kritzeln über.

»Das Seltsamste haben wir im Keller gefunden«, sagte der erste Kommissar. »Das sollten Sie auch unbedingt sehen.«

Als die anderen sich umwandten, um in den Keller zu gehen, fiel mein Blick auf ein getöpfertes Männchen, das ich Durs einmal als Kind geschenkt hatte. Die Gestalt war krumm und schief, doch als Siebenjährige war ich stolz auf mein Werk gewesen. Es sollte der Schellen-Ursli sein, eine in der Schweiz weithin bekannte Figur aus einem Kinderbuch, doch meine kindlichen Töpferkünste hatten nur einen grob als Menschen erkennbaren, innen hohlen Tonklumpen hervorgebracht. Man konnte die Figur anheben und etwas im Innenraum verstecken. Sie stand einsam im Bücherregal.

Aus alter Verbundenheit hob ich die Figur hoch und fand darunter einen kleinen Schlüssel. Ich griff zu und sah, dass er mir bekannt vorkam: Genau solch einen Schlüssel hatte ich selbst in der Tasche – er stammte aus dem Schließfach am Bahnhof Zoo. Er hatte die Nr. 133. Ohne nachzudenken, steckte ich ihn ein.

Dann stiegen wir alle die knarrenden Treppen hinunter in den Keller. Meine Mutter schwankte, wie ich von oben sah, und ich selbst fühlte mich ebenfalls unwohl. Ich hatte das Gefühl, in die Seele meines Onkels geblickt zu haben. Der riesige Keller war eingefasst von massiven Wänden und man stand direkt auf der unverputzten, lehmigen Erde. Für die Mietparteien war er in einzelne Bereiche eingeteilt worden, die durch Wände aus Holzlatten abgetrennt waren. Hinter ihnen sah man alte Kinderwägen, Kartoffelsäcke, ein altes Fahrrad. Vermutlich war das alles mal ein großer Kohlenkeller gewesen.

»Ihr Bruder hatte Kellerraum 5. Das ursprüngliche Schloss haben wir geknackt und mit einem eigenen versehen«, erklärte der Kommissar, entriegelte das Vorhängeschloss mit geübter Hand und öffnete die aus einem Lattenrost bestehende Tür. Er trat zurück und gab uns den Blick frei: Wir sahen einen etwa vier mal drei Meter großen Raum, in dessen Mitte sich ein tiefes Loch befand, neben dem die ausgehobene Erde aufgehäuft war. Eine Schaufel und eine Spitzhacke lagen daneben, als seien sie eben erst dort hingeworfen worden. Der Polizist knipste eine Taschenlampe an und ein Lichtkegel wanderte langsam durch den Raum.

»Vermutlich hat Durs dieses Loch gegraben«, sagte die Mitarbeiterin der Vertretung. »Wir können uns nicht erklären, warum er das gemacht hat. Er hat auch bei der Arbeit nie darüber gesprochen.«

»Haben Sie irgendeine Erklärung?«, fragte der Kommissar.

Meine Mutter blickte versteinert auf das Loch, das im gelben Licht einer schwachen Deckenleuchte kaum zu erkennen war und nur durch den Lichtkegel der Taschenlampe an Kontur gewann. Sie trat an den Rand und blickte hinein. Es war etwa siebzig Zentimeter tief. Weit war Durs nicht gekommen, aber er hatte offenbar mit großer Beharrlichkeit versucht, eine tiefe Grube in den harten Boden zu treiben.

Sie schüttelte den Kopf. »Ich habe keine Ahnung, was das soll«, sagte sie schließlich.

»Vielleicht hat er etwas gesucht.«

»Gesucht? Hier?«, fragte meine Mutter.

»Oder er wollte etwas vergraben«, sagte der erste Kommissar.

»Hat Ihr Bruder schon früher auffälliges Verhalten gezeigt? Hat er vielleicht zuvor schon einmal irgendwo ein Loch gegraben?«, bohrte der zweite nach.

»War er je anderweitig auffällig, in Behandlung?«, fragte der erste.

»Nein, nicht dass ich wüsste«, sagte meine Mutter und sah ihn mit feuchten Augen an.

Schließlich gingen wir wieder nach oben und erstellten ein Protokoll. Die Hinterlassenschaften sollten verpackt und versiegelt werden. Als Diplomatenpost würden sie von einer Spedition nach Graubünden gebracht werden. Gegenüber der Berliner Polizei mussten wir uns verpflichten, jeden relevanten Hinweis zu melden, der sich aus dem Nachlass ergeben könnte, da aber momentan keine Indizien für ein Fremdverschulden vorlägen, sehe die Polizei keinen Anlass für weitere Ermittlungen. In der Küche sitzend, dicht gedrängt um einen zu kleinen Tisch, notierten wir in einem Formular jene Objekte, die zu uns nach Hause gebracht werden sollten. Dabei wurde recht grob zusammengefasst: »Besteck«, »drei Handtücher«, »zahlreiche Bücher«, »Notizen«. Für die Kategorie »Wertgegenstände« fanden wir nichts, keine Uhr und erwartungsgemäß auch keinen Schmuck. Durs' Zahnbürste, Rasierer und anderen Kleinkram sollte die Umzugsfirma direkt entsorgen.

Meine Mutter unterschrieb. Damit sei »der Form Genüge getan«, meinte der Kommissar und stempelte den Bogen, und ich erinnere mich noch, dass mir diese etwas gestelzte Formulierung erstaunlich vorkam. Hatte nicht Dr. Duval von einem Willen zur Formgebung gesprochen? In Durs' Junggesellenküche wurde das Papier gefaltet, während wir aufstanden und uns die Hand gaben. Aus Sicht der deutschen Behörden sei der Rest Angelegenheit der Schweizer oder der Österreicher, schließlich sei er ja in Österreich gefunden worden, so wurde gesagt. Wir zogen unsere Mäntel an und traten, nachdem die Kommissare die Tür wieder versiegelt hatten, vor das Haus.

Zügig verabschiedeten wir uns und die Mitarbeiterin fuhr uns wieder zum Bahnhof Zoo, immer noch durch den Regen, der auf der Frontscheibe mit mechanischem Gleichmut beiseite gewischt wurde. Das große Auto der Schweizer Vertretung erschien mir nun fast wie ein Panzerwagen, mächtig und schwer, ein Benz, der alles abfederte.

Inzwischen war es früher Abend. Wir waren beide erschöpft und verwirrt, als wir ins Bahnhofsgebäude traten, um unseren Koffer aus dem Schließfach zu holen. Als ich in meine Tasche griff, fand ich auch den Schlüssel, den ich in der Wohnung gefunden hatte, die Nr. 133.

»Hier. Den habe ich bei Durs gefunden«, sagte ich meiner Mutter und hielt ihr den Schlüssel entgegen.

»Ich verstehe nicht …«, sagte meine Mutter.

»Durs muss irgendetwas eingeschlossen haben. Vermutlich hier im Bahnhof Zoo.«

Zunächst holten wir unseren Koffer, dann machten wir uns auf die Suche nach dem Schließfach Nr. 133. Endlich hatten wir es gefunden. Es befand sich ganz am Ende eines Ganges. Doch das Fach stand offen und war leer.

»Vielleicht ist der Schlüssel aus einem anderen Schließfach an einem anderen Bahnhof«, sagte meine Mutter. »Wir können unmöglich alle Bahnhöfe Berlins abklappern. Der Schlüssel könnte genauso gut aus Zürich sein. Diese Schließfächer sind doch überall gleich.«

Ich überlegte.

»Ich bin müde. Lass uns ins Hotel gehen«, drängte meine Mutter.

Als wir aus dem Bahnhof traten, war es endgültig dunkel geworden. Wir hatten es nicht weit und erreichten bald ein günstiges, für unsere Verhältnisse ordentliches Hotel in einer Seitenstraße, das wir vor zwei Tagen aus der Schweiz gebucht hatten. Gleich gegenüber aßen wir in einem griechischen Restaurant zu Abend. Die Dekoration dort war lächerlich kitschig, beinahe eine Verhöhnung der griechischen Antike, inszeniert mit Statuen aus Plastik und schief auf die Wände gemalten Säulen. Ein Hoplit, eingefangen im Moment des Speerwurfs, erschien mir fast wie eine Karikatur, und plötzlich musste ich an Dr. Duval denken. Auch das Essen strahlte eine banale Traurigkeit aus, lieblos gegrillte Zucchini und fettige Pommes lagen vor uns auf den Tellern.

Die meiste Zeit schwiegen wir. Was wir erlebt hatten, ließ sich schwer in Worte fassen. Hatten wir eine Seite an Durs gesehen, die meine Mutter kannte, aber ich nicht? War dieses Verhalten wirklich so überraschend? Meine Mutter blickte abwesend aus dem Fenster. Ich hatte das Gefühl, dass es etwas gab, was sie mir nicht sagen konnte oder wollte.

Als ich schließlich versuchte einzuschlafen, fiel mir erneut der Schlüssel ein. Durs war seit über zwei Wochen untergetaucht und womöglich war er annähernd so lange nicht mehr in Berlin gewesen. Vielleicht hatte die Bahnhofsverwaltung das Fach geräumt. Vermutlich gab es für die Schließfächer so etwas wie eine maximale Belegungszeit, dachte ich.

Von draußen drang das Licht der Straßenlaternen durch den Vorhang. Der Geruch in diesem Hotel war erdrückend, nicht muffig, sondern im Gegenteil geradezu übersauber, wie in einem Spital. Ich beschloss, am kommenden Morgen bei der Bahnhofsverwaltung nachzufragen, um zu erfahren, ob es vielleicht eine Art Fundbüro für den Inhalt geräumter Fächer gibt.

Am nächsten Morgen erwachte ich bereits um fünf Uhr. Ich lag bewegungslos im Bett und versuchte, mich an meine Träume zu erinnern, doch vor meinem inneren Auge verschwammen die Eindrücke aus der Wohnung meines Onkels mit wirren Traumbildern, die ich nicht recht zusammenfügen konnte. Ich stand auf und öffnete das Fenster. Aus der noch dunklen Stadt kam mir der Geruch der Kohleöfen entgegen, die damals vor allem in Ostberlin in Gebrauch waren, ein Geruch wie aus der Vergangenheit, dachte ich.

Als meine Mutter und ich um acht Uhr vor dem Bahnhof Zoo standen, behauptete ich, ich müsse noch schnell auf die Toilette.

»Du hättest doch noch im Hotel gehen können«, sagte sie.

»Ich beeile mich«, antwortete ich und wusste selbst nicht, warum ich meine Mutter belog. Schnell lief ich zur Gepäckaufbewahrung und streckte dem verschlafen aussehenden Mitarbeiter meinen Schlüssel mit der Nr. 133 entgegen.

»Das Fach ist offenbar geräumt worden. Haben Sie den Inhalt noch?«, fragte ich.

»Na, da haben Sie Glück, heute geht der Kram ans zentrale Fundbüro.« Er verschwand nach hinten und kam mit einem in weißes Papier eingepackten Päckchen zurück.

»Da haben Sie sich aber Zeit gelassen. 17 Tage. Dit kostet sie 78 Mark Nachzahlung.«

Ich überlegte. Ich hatte keine Westmark, die hatte nur meine Mutter. Ich konnte sie unmöglich hinzuholen.

»Könnte ich das auch in Schweizer Franken zahlen?«, fragte ich.

Die Antwort bestand nur aus einem überraschten Blick. Ich fischte zwei 50-Franken-Scheine aus meinem Geldbeutel.

»Ich runde etwas auf.«

»Schweizer Franken? Wie ist denn da der Kurs?«, fragte der Mann stirnrunzelnd.

Er sah sich die beiden Scheine an. Erst vor einem Jahr waren neue Banknoten in Umlauf gekommen. Sie zeigten Conrad Gessner neben einem Kirschzweig, auf der Rückseite einen Steinadler. Die mehrsprachige Beschriftung verwirrte ihn erkennbar, und ich erinnere mich noch, dass ich glaubte, auf seinen Lippen lesen zu können, dass er die Beschriftung *Banca Naziunala Svizra* staunend nachformte.

»Ich brauche auch keine Quittung«, drängte ich.

»Na, denn woll'n wa mal nich' so sein, wa«, sagte er, ließ die Scheine mit seiner linken Hand in der Tasche seines grauen Kittels verschwinden und begann den Schlüssel in seiner rechten auf und ab zu werfen. Ich schnappte mir das Paket und lief, so schnell ich konnte, hinaus. Während ich im Laufschritt durchs Bahnhofsgebäude eilte, steckte ich das Päckchen in meine große Manteltasche. Endlich trat ich aus dem Gebäude. Ich sah, dass meine Mutter mit unserem Koffer bereits vor dem Bus stand. Ich eilte hinüber, vorbei am Eingang des Zoos, und wir stiegen in dieselbe Linie, die uns am Vortag hergebracht hatte.

Ich erinnere mich noch, dass mir die Rückreise aus Westberlin wie eine Odyssee erschien. Vor meinem Auge sehe ich die mit Graffiti und politischen Parolen besprühten Häuserwände, an denen triste Gestalten entlanggingen, langhaarige Linksalternative, Rocker mit befransten Lederkutten, arme Malocher und vereinsamte Rentner auf dem Weg zum Frühstücksbier. Überall sah man schäbige Kneipen mit skurrilen Namen, die damals selbst in Charlottenburg das Stadtbild prägten. Eine dieser Eckkneipen hieß »S-Bahn-Quelle«, ein Name, der sich mir damals unvergesslich einprägte, weil hier der Zweck des Beisammenseins ganz unverhohlen auf den Punkt gebracht wurde. An einem Ort mit solch einem Namen konnte es nur um banalen Alkoholismus gehen, und so wurde Westberlin in den wenigen Stunden, die ich dort verbrachte, in meiner Erinnerung zu einer Stadt der Trinker, des mehr oder weniger systematischen Sich-Besaufens. Die »Frontstadt der westlichen Welt«, so wurde damals noch gesagt, wirkte wie ein trister Außenposten, an dem die Menschen in erster Linie die Zeit totschlugen. Auf diesen Berliner Morgen hinausblickend erinnerte ich mich an den konturlos grauen Himmel des Vortages, den ich bei der Ankunft in Tegel gesehen hatte. Hatte auch Durs etwas von dieser Last auf den Schultern gespürt, während er hier lebte? Hatte ihn die Atmosphäre dieser Stadt in den Wahn getrieben, diese bedrückende Stimmung, die Kälte, die Härte, die ich zu spüren glaubte? Oder war das nur eine den zufälligen Umständen geschuldete Übertreibung?

Der Flug nach Zürich-Kloten dauerte nicht lange, doch der Landeanflug war holprig, und wir warteten lange, bis wir endlich unseren Koffer auf dem Gepäckband entdeckten. Mein Vater holte uns mit dem Auto ab, und erst am frühen Abend kamen wir schließlich im Haus meiner Eltern an. Ich erschrak förmlich, als ich beim Aussteigen die kalte und wunderbar frische Luft meiner Heimat einatmete.

Im Flugzeug hatte ich versucht, in den Zeitungen zu lesen, die kostenlos für die Fluggäste auslagen. Darin war von den Entwicklungen in der Sowjetunion, von der Gewerkschaftsbewegung in Polen, vom Papst und Ronald Reagans Verbindung nach Nicaragua die Rede. Doch auf all das konnte ich mich nicht recht konzentrieren. Meine

Mutter hatte gedankenverloren auf die Wolkendecke über Deutschland geblickt, und ich wusste nicht, wie ich sie hätte ansprechen können. Uns beiden stand während dieses Fluges wohl vor Augen, was wir in Durs' Wohnung gesehen hatten, Berge von Papier, stapelweise Bücher über die Irokesen, die Biberkriege, wirre Aufzeichnungen, Skizzen, Listen mit unverständlichen Kürzeln. Und dann natürlich die rätselhafte Grube, die Durs in seinem Kellerraum auszuheben begonnen hatte.

Es schien, so dachte ich damals, nur eine plausible Erklärung zu geben, die ohne gewagte Vermutungen und spekulative Brücken auskam. Durs musste in eine psychische Krise geraten sein, er musste sich immer weiter in seine Ideen und Fantasien hineingesteigert und schließlich den Verstand verloren haben. Irgendwann war er offenbar mit dem Zug nach Bregenz gereist, dort in die Berge gewandert und dann, vielleicht absichtlich, vielleicht auch nur aus Versehen, in einem Zustand der Verwirrung zu Tode gestürzt. Dies schien auch meine Mutter zu denken, als ich neben ihr saß und so tat, als interessierte mich die politische Weltlage. Doch in Wirklichkeit, so muss ich heute gestehen, ging es bei meinen Zeitungslektüren nur um etwas, für das ich Jahre später in Deutschland einen Begriff lernte, der mir damals unbekannt war, nämlich *Stammtischgespräche*, das halbinformierte bier- und weinselige Gerede, das ich bei meiner Arbeit in Fribourg zu hören bekam und an dem ich mich nicht selten beteiligte.

Als wir nun endlich im Haus meiner Eltern ankamen, streckte ich mich beim Aussteigen und freute mich über den Klang der Kuhglocken. Die Dämmerung war gerade hereingebrochen und man sah den Piz Mitgel auf der anderen Seite thronen wie einen verzauberten Urzeitfürsten. Der kalte Abendwind erfrischte mich. Neben dem Geläut der Kuhglocken hörte ich, als ich auf das Haus zuging, das hohe und künstliche Summen der Stromkabel, die über unserem Dorf gespannt waren und über riesige Stahlgestelle bis ans Ende der Welt zu laufen schienen.

Ich ging ins Haus, wusch mir die Hände und zog mich schnell in mein altes Kinderzimmer zurück, während meine Eltern ein Abendbrot auftun wollten. Ich setzte mich auf mein Bett und zog endlich das Paket aus meinem Mantel. Unter dem dünnen, weißen, fast transparenten Papier verbarg sich zweifellos ein Buch. Ich erinnere mich noch, dass ich mich über den eigenartigen Charakter dieses Papiers wunderte, das ich sonst nur von technischen Zeichnungen meines Bruders kannte, das nun aber das Buch wie ein Leichentuch umhüllte. Mein Bruder pflegte seine Bauzeichnungen auf diesem Papier auszuführen, dessen Transparenz es erlaubte, verschiedene Entwürfe übereinanderzulegen und abzugleichen. Wo konnte Durs ein solches Papier aufgegriffen haben? Hatte er es etwa von meinem Bruder?

Mit zitternden Händen öffnete ich das Paket und erschrak, als ich ein in braunes Leder gebundenes, erkennbar altes Buch in den Händen hielt: Es war genau jenes Buch, das ich in meinem Traum von Durs erhalten hatte. Ich schlug es auf und sah, dass es sich um einen Druck aus dem 17. Jahrhundert handelte. Doch die größte Verwunderung überkam mich, als ich das Titelblatt aufschlug. Denn dort lag ein handschriftlicher Zettel, eindeutig die Handschrift meines Onkels: *Für Dorela*.

Seine Handschrift wirkte ruhig, nicht aufgeregt oder hektisch. Diese indirekte Gabe war ganz offensichtlich keine spontane Eingebung gewesen, sondern eine wohlüberlegte Entscheidung, deren Umsetzung eine präzise Planung erforderte. Durs hatte den Schlüssel absichtlich an einem Ort versteckt, den nur wenige kannten, in einem Versteck, das ich ihm geschenkt hatte, so wurde mir klar. Er musste damit gerechnet haben, dass ich den Schlüssel und dann das Buch finden würde. Warum hatte er dieses Buch ausgerechnet in einem Schließfach versteckt? Er hätte es auch in seiner Wohnung hinterlegen oder es mir anders zukommen lassen können, dachte ich.

Es handelte sich um die Erstausgabe der Reiseberichte von Samuel de Champlain, dem Gründer Québecs, einem französischen Gelehrten, Entdecker und Politiker, der 1634 einen ausführlichen Rapport über seine Erfahrungen in der Neuen Welt publiziert hatte. Auf der Leseliste unseres Landeskundeseminars war der Name aufgetaucht, aber damals konnte ich weder den Autor noch die Bedeutung seiner Schrift einordnen.

Die Ausgabe musste wertvoll sein, und ich wunderte mich, wie Durs an einen solchen Band gekommen war, während ich darin blätterte. Hatte ihm jemand dieses Buch geschenkt? War er womöglich nicht von alleine auf die Idee gekommen, sich in der Geschichte der nordamerikanischen Indianer zu verlieren? Hatte ihn jemand in diesen Wahn getrieben? Ungläubig staunend blickte ich in Champlains Bericht, bis mich meine Eltern nach unten riefen, und als ich langsam die Treppe hinabstieg, beschloss ich, ihnen nicht zu erzählen, dass ich ein Geschenk von Durs erhalten hatte, das mich gewissermaßen aus dem Jenseits erreichte.

Am nächsten Morgen fiel kräftiger Herbstregen. Das Wasser sprudelte unaufhörlich durch die Dachrinnen und floss als brauner Schlamm den Berg hinab. Wir blieben fast den ganzen Tag im Haus. Ich versuchte erfolglos mich auf einige Texte zu konzentrieren, die ich aus Fribourg mitgebracht hatte, doch die Erlebnisse in Berlin ließen mir keine Ruhe und meine Studien schienen mir irrelevant und weltfremd. Also wieder griff ich zu Champlains Reisebericht, auch dessen Erkundungen der großen Seen waren Teil jenes untergründig überlebenden Reiches, von dem Dr. Duval gesprochen hatte, dachte ich. Das Neue Frankreich, das sich Champlain imaginierte, sollte, wie ich später erfuhr, in Kameradschaft mit den Indianern entstehen. Mit den Algonquin im Norden hatten sich die Franzosen verbündet, ja sie kämpften sogar gemeinsam gegen die Irokesen im Süden, die allgemein als kriegerisch und rücksichtslos bekannt waren. Samuel de Champlain wollte eine in jedweder Hinsicht »Neue Welt« in der *Nouvelle France* erschaffen, so wurde mir später klar.

Zwischendrin spielte ich auch mit dem Gedanken, zu jener Stelle im Wald zu gehen, an der ich das seltsame Schreien gehört hatte, aber ich konnte mich nicht überwinden und zog mich stattdessen mit dem Argument in mein Zimmer zurück, ich müsse für mein Studium lernen. Immer klarer wurde mir in diesen Stunden, dass ich mein eigenes Leben in Angriff nehmen sollte, dass ich mich auf keinen Fall wie Durs in den Irrgarten voller Rätsel hineinlocken lassen dürfte, in dem er sich offenbar verloren hatte.

Am Abend klingelte es. Es wurde gerade dunkel, der Regen hatte endlich aufgehört, als zwei Fahrer einer Berliner Umzugsfirma vor der Tür standen, die Durs' Nachlass in neun sauber gepackten Umzugskartons brachten. Möbel hatte Durs in Berlin nicht besessen, und so waren die Kartons bald in einen Abstellraum unter dem Dach gebracht. Die beiden Fahrer hatten ein Hotelzimmer in Tiefencastel gebucht und verabschiedeten sich eilig. Ich stellte mir vor, wie sie nach diesem langen Tag in der einfachen Stube vor einem lokalen Bier, einem Calanda-Bräu, sitzen und sich darüber wundern würden, in welche Gegend sie ihre Arbeit verschlagen hatte. Morgen würden sie den erhabenen Anblick der Berge hinter sich lassen und erneut den Tag auf der Autobahn verbringen. Ich aber blieb bei den Kartons und öffnete vorsichtig denjenigen, der als letztes nach oben geschleppt worden war. Man hatte alles unsortiert hineingelegt, ganz so, als ginge es nur darum, die endgültige Entsorgung würdevoll hinauszuzögern.

Als ich den braunen Kartondeckel hochklappte, schoss mir für eine Sekunde der Gedanke durch den Kopf, dass ich eine Sünde beging, eine Grenze übertrat, die ich mir selbst gerade erst gezogen hatte: Ich wollte mir das nicht ansehen und konnte doch nicht anders. Auf den Zetteln, die ich entnahm, gingen Schrift und Bild fließend ineinander über. Durs hatte Skizzen jener Langhäuser erstellt, als deren Bewohner sich die Irokesen unter dem Namen *Haudenosaunee* beschrieben, die *Bewohner des Langhauses*. Das Wort *Iroquois*, so erfuhr ich, war ein Schimpfwort, das die nördlichen Nachbarn für die *Schlangen* im Süden verwendeten. Durs schien regelrecht Forschungsliteratur exzerpiert zu haben, hatte die fünf, später sechs Nationen in eine Karte eingetragen, die jenen Irokesenbund bildeten, der immer wieder als Vorbild eines auf Freiheit beruhenden Zusammenschlusses gelobt worden war. Die Irokesen, so entnahm ich seinen Notizen, waren im Europa des 17. und 18. Jahrhunderts für eine ausgefeilte Praxis der Interpretation von Träumen bekannt; den im Schlaf übermittelten Nachrichten aus einer anderen Welt räumten sie größte Bedeutung für ihre Lebensentscheidungen ein. Aber ich fand auch Notizen und sogar Skizzen zu den Marterpraktiken der Irokesen, den Steinkeulen und Kriegsbeilen, jenen legendären Tomahawks, mit denen sie unter ihren Nachbarn Angst und Schrecken verbreiteten. Einige Jesuitenpatres waren von den Irokesen über Tage auf grauenhafte Weise zu Tode gefoltert worden, und ich erinnere mich noch, dass ich beim Blick in Durs' Notizen den Gedanken hatte, dass die Bewohner der *Alten Welt* angesichts solcher Berichte das Gefühl haben mussten, in einen Zerrspiegel zu schauen, der ihnen die eigene Brutalität und die Praxis der »peinlichen Befragungen« als barbarisch vor Augen führte. Immer wieder stieß ich auf Notizen, die mit dem Namen Urs und einem Doppelpunkt begannen. Aus einem englischen Band hatte er offenbar den Satz herausgeschrieben: »The essence of the Empire is nothing imperial.« Es könnte aber auch »empirical« heißen, dachte ich, in der staubigen Kammer stehend, während ich seine wirre Schrift zu entziffern versuchte. Auch vor diesem Satz stand »Urs« mit einem Doppelpunkt. Handelte es sich dabei um Gesprächsnotizen? Hatte Durs einen Freund in Berlin gefunden, einen anderen Schweizer namens Urs? Das wäre doch ein erstaunlicher Zufall, dachte ich, zumal Berlin damals bestenfalls für linksalternative Eidgenossen einen attraktiven Lebensmittelpunkt darstellte, weil man dort in das Milieu westdeutscher Kriegsdienstverweigerer eintauchen konnte, die sich in Westberlin aufgrund einer Sonderregelung der Einberufung entziehen konnten. Oder hatte sich Durs diesen Urs nur ausgedacht? War Urs nur eine Art Alter Ego oder Pseudonym, einfach ein Durs ohne D? Aber warum sollte er das D aus seinem Leben streichen wollen? War Urs ein Durs ohne D wie Deutschland?

»Er ist wahnsinnig geworden«, dachte ich und legte die Blätter zurück mit dem deutlichen Gefühl, in eine Art

Strudel zu geraten, der nicht leicht zu durchschwimmen sein würde. Mein Onkel musste irgendetwas bei den Irokesen gesucht haben, das Bild eines freien Lebens, eine Verbindung mit der Natur, dachte ich vor den Umzugskisten stehend. Doch er hatte nur ein anderes Imperium gefunden, nicht weniger grausam, gleichermaßen gebaut auf Gewalt und Unterwerfung. Ich erinnere mich noch, dass sich in diesen Momenten die Auffassung in mir festigte, dass aus einem zunächst harmlosen Interesse an den Indianern im Nordosten Amerikas irgendwann eine Obsession, dann ein regelrechter Wahn geworden war. Zu diesem Ergebnis kam ich in meinem Grübeln, während ich die Kammer verließ und die Treppe hinabstieg, um mich zu meinen Eltern zu setzen.

»Morgen müssen wir ins Kommissariat nach Bregenz«, sagte meine Mutter, nachdem wir einige Zeit unsere Suppe gelöffelt hatten.

»Dann könntet ihr mich bis Chur im Auto mitnehmen. Ich muss nach Fribourg und komme dann nächste Woche zur Abdankung«, schlug ich vor. Das etwas altmodische Wort *Abdankung*, das in der Schweiz für eine katholische Totenfeier verwendet wird, war damals noch völlig gebräuchlich und wirkte weniger angestaubt als heute. Und doch stolperte ich selbst gewissermaßen über diesen etwas rätselhaften Ausdruck, als ich ihn aussprach. Mit meinem Vater sprach ich meist Rumantsch, mit meiner Mutter aber Mundart. Für sie war ein Wort wie *Abdankung* wohl ganz selbstverständlich.

»Das machen wir«, sagte mein Vater. Ich sah meine Mutter an und bemerkte, dass der Gedanke an die bevorstehende Beerdigung ihre Augen feucht werden ließ.

»Was will die Polizei in Bregenz von euch?«, fragte ich.

»Es gibt immer noch Fragen«, antwortete meine Mutter.

»Was für Fragen?«

»Man hat zwei Fahrkarten bei Durs gefunden.«

»Zwei Fahrkarten?«

»Er war offenbar nicht allein unterwegs«, sagte mein Vater.

Ich sah meine Mutter an, doch sie wandte den Blick aus dem Fenster und sah in den dunkler werdenden Abend.

Durs und Urs, dachte ich.

Als ich mich am nächsten Morgen vor dem Bahnhof in Chur von meinen Eltern verabschiedete, warf die Sonne bereits helle Strahlen über die Bergkuppen. Der Termin im Kommissariat in Bregenz war für 11 Uhr angesetzt, und doch wollten meine Eltern bereits um 8 Uhr in Chur aufbrechen. Dieser allzu großzügige Zeitplan war nicht das Einzige, was mich stutzig machte, denn ich hatte am frühen Morgen festgestellt, dass die Kammer mit Durs' Nachlass verschlossen war, eine Kammer, die ich während meiner gesamten Kindheit und Jugend noch nie geschlossen vorgefunden hatte. Dass es überhaupt einen Schlüssel gab, hatte ich nicht gewusst. Ich wollte mich nur schnell von Durs' Spuren verabschieden, doch meine Eltern mussten die Kammer verriegelt haben.

Als sich der Zug in Chur in Bewegung setzte, versuchte ich bewusst alles Nachdenken über das Erlebte zu vermeiden. Nur Champlains Reisebricht hatte ich eingepackt, doch alles andere wollte ich hinter mir lassen, am besten vollends vergessen. Um mich abzulenken, holte ich meine Studienlektüren aus der Tasche und vertiefte mich erneut in die Geschichte des Friaulischen, das im Grenzgebiet zu Slowenien, ja in beträchtlichen Teilen des

Nordostens Italiens von immerhin einer halben Million Menschen gesprochen wird und, so entnahm ich meinem Seminarreader, in vielen Dörfern bis heute als Verkehrssprache zwischen Italienern, Slowenen und Deutschen dient. Während ich versuchte, mir Notizen zu machen, wanderte mein Blick immer wieder aus dem Zugfenster, wo eine Landschaft innerhalb weniger Tage zum zweiten Mal an mir vorbeizog, nun aber bei anderem Wetter und anderem Licht ganz neuartig wirkte. Die Beispiele friaulischer Ausdrücke erweckten in mir ein Gefühl des Wiedererkennens, sodass ich mich in die Kontroverse um die *questione ladina* mit jenem Vergnügen einlas, das sich einstellt, wenn man die Teile eines Puzzles zusammenfügt und den Eindruck gewinnt, langsam ergebe sich ein Gesamtbild. Mir kam, als ich Tee aus meiner Thermoskanne trank und aus dem Zugfenster sah, der Gedanke, dass die Idee der *Fügung* aus der Täuschung entstanden sein muss, dass sich alles irgendwie zusammenfügt, ja dass die ganze Forscherei an der Uni nichts anderes war als eine nicht totzukriegende Hoffnung darauf, dass sich die Dinge fügen. Die von Dr. Duval zur Lektüre ausgesuchten Texte enthielten in diesem Sinne Indizien für eine tiefe Verwandtschaft der drei Sprachgemeinschaften, aber ebenso viele Argumente, die die Hypothese einer gemeinsamen, nachlateinischen Quellsprache unwahrscheinlich erscheinen ließen. Noch als ich in Fribourg auf das Wohnheim zutrottete, hatte ich das Bild eines Scherbenhaufens vor Augen und dachte, dass wir aus Sprachtrümmern etwas zusammenzufügen versuchen, von dem wir nicht wissen, ob es sich je fügt, je eine Vase gewesen ist oder immer nur und von jeher aus Scherben bestand. In der Eingangshalle des Wohnheims, bei den Aufzügen, befand sich ein riesiger Kasten mit etwa 120 kleinen Postfächern, nummeriert mit unseren Zimmernummern, und ich erinnere mich noch, dass ich äußerst erstaunt dort stehen blieb, um einen Brief zu öffnen, der keinen Absender hatte. Er lag zwischen Werbung und zwei Rundschreiben der Hausverwaltung in einem schlichten weißen Kuvert, ein sorgfältig gefaltetes Blatt, das von Antoine stammte, der mir mitteilte, ich solle mich am kommenden Morgen in aller Frühe mit leichtem Reisegepäck am Hauptbahnhof mit ihm treffen. Sein Brief endete mit »Il faut qu'on fasse un petit voyage ensemble!«, und ich staunte über den beinahe autoritär anmutenden Charakter der französischen Wendung *il faut*. Während ich im engen Aufzug hinauf in den neunten Stock des Wohnheims fuhr, versuchte ich zu ergründen, wie dieses *man muss*, *es geziemt sich*, *es ist nötig* richtig zu verstehen war. Die scharfe Neutralität der französischen Wendung schien mir beinahe unübersetzbar, ja geradezu unergründlich, weil hinter ihr völlig verschwand, wer uns hier mit welchen Zwängen belegte. War es die natürliche Ordnung, waren es die Gesetze des Kosmos, die mich und Antoine zu einer Reise nötigten? War es der gute Ton, das, was sich gehörte, die Konvention der feinen Gesellschaft? Oder sollte diese Formel nur eine Willensäußerung verbergen, bedeuten, dass es ihm ein zwingendes Bedürfnis war, mit mir zu verreisen? Noch heute erstaune ich immer wieder vor diesem *il faut*, das mir jetzt, wo ich Französisch an einer Schule unterrichte, wie ein Grenzstein zwischen zwei Sprachwelten vorkommt.

All diese Gedanken, so scheint es mir heute, schoben sich zwischen mich und die Frage, was ich tun sollte, während ich in dem engen Aufzug stand und auf Antoines Handschrift blickte. Rumpelnd hielt der Aufzug im neunten Stock und ich betrat den langen Gang des Wohnheims, dessen mit einem farblosen PVC-Boden ausgelegte Weite mir in diesem Moment unerträglich schäbig, deprimierend, erdrückend erschien. Marlène und Sylvie saßen in der Gemeinschaftsküche, rauchten und tranken Kaffee. Ich begrüßte sie nur kurz und verschwand schnell in meinem Zimmer. Doch das Schweigen, das sich hinter mir ausbreitete, machte mich stutzig, denn ich verstand es als Anzeichen dafür, dass meine Freundinnen mich als merkwürdig, ja krank empfanden und sich womöglich in diesem Moment, in dem ich mein Zimmer aufschloss, fragend anblickten. War ich tatsächlich seltsam? War ihr Eindruck vielleicht richtig, dass bei mir etwas schieflief, sich in die falsche Richtung entwickelte, ins Rutschen geriet?

Um meiner Verwirrung entgegenzuwirken, lud ich mir ein striktes Arbeitspensum auf und arbeitete bis spät in die Nacht. Für jeden Kurs legte ich einen eigenen Ordner an, erstellte Literaturlisten und plante, wann ich was bearbeiten würde. Irgendwann drohten mir die Augen zuzufallen und ich ging ins Bett. Dennoch nahm ich noch einmal meine Ausgabe von Stendhal zur Hand, um endlich weiterzukommen, doch als ich das Licht löschen wollte, fiel mir Samuel de Champlain wieder ein. Obwohl mich Stendhals Geschichte eines sozialen Aufstiegs in der französischen Gesellschaft des frühen 19. Jahrhunderts und seine beißende Kritik am Ehrgeiz eines Emporkömmlings aus der Provinz ermüdet hatten, setzte ich mich im Bett auf und blätterte vorsichtig durch den Band mit Champlains Reisebericht. Immer noch war er in das transparente Papier gewickelt, und während ich das Buch enthüllte, musste ich an eine Fernsehdokumentation denken, in der ich gesehen hatte, wie eine Thorarolle in Jerusalem beerdigt wurde, gehüllt in ein weißes Begräbnistuch, zärtlich hinabgesenkt in den hellgelben Fels der Stadt auf dem Berg. Das Französisch war recht schwierig zu verstehen, und doch konnte ich erschließen, dass die ersten Winter in der Neuen Welt ein Desaster gewesen sein mussten, denn auf die unfassbare Kälte des kanadischen Klimas waren die Siedler aus Frankreich nicht vorbereitet. Hunger, Krankheiten und eine seelische Zermürbung hatten die Gruppe dezimiert und zugleich die Bewunderung der Franzosen für die Indianer wachsen lassen, die den unmenschlichen Bedingungen zu trotzen wussten. Ich schloss das Buch, löschte das Licht und versuchte mir vorzustellen, wie Samuel de Champlain mit einigen Gefährten in einem lichtlosen, nicht endenden Winter saß, in dem die Leichen binnen Minuten zu Eisfiguren festfroren. Hinter behelfsmäßig errichteten Palisaden saßen sie in einem Land, dessen unermessliche Weite sie nur erahnen konnten, dessen eiskalter Wind nun über die Berge und offenen Seen raste bis in ihre Hütten und unter die Felle, in die sie ich gehüllt hatten. Samuel de Champlain war aus seiner Landkarte hinausgesegelt, er hatte sich in eine neue Welt gewagt, aber es war ihm nicht bekommen. War es das, was Durs mir sagen wollte?

In dieser Nacht träumte ich von meinem Bruder Mathis, der in Basel als Bauzeichner arbeitete. Der Traum begann in einer Art Schloss, doch dann änderte sich die Szenerie. Offenbar waren wir in den Kellergewölben des Anwesens in eine Art Sackgasse geraten. Ich folgte Mathis durch einen langen, dunklen Gang, in dem wir uns den Weg mit Kerzen ausleuchteten. Mathis ging in großer Eile und ich hatte Schwierigkeiten, mit ihm Schritt zu halten. Ich wusste weder, wo wir waren, noch, wohin wir gingen. Plötzlich drehte sich mein Bruder um und sagte mir, er habe etwas Wichtiges vergessen, er müsse umkehren, um es zu holen. Ich wollte nicht, dass er mich alleinließ, konnte ihn aber nicht hindern. Er drehte sich um und ging den Gang wieder zurück, während ich weiter voranging. Da erlosch meine Kerze und ich stand in schwarzer Nacht. Ich wusste nicht, in welche der beiden Richtungen ich nun gehen sollte, vorwärts oder rückwärts. Vorsichtig ging ich einige Schritte in das tiefe Schwarz hinein, doch der Gang wurde immer enger, und bald drohte ich steckenzubleiben. Mit einem Mal hatte ich das Gefühl, so eingeklemmt zu sein, dass es mir nicht einmal mehr gelänge, mich umzudrehen. Da hörte ich wieder das Schreien aus dem Wald, entfernt und doch sehr deutlich. Ich erwachte mit rasendem Puls.

Ich knipste das Licht an und atmete tief durch. Es war noch mitten in der Nacht und mein Wecker tickte unangenehm laut. Vielleicht hatte Antoine recht, vielleicht sollte ich tatsächlich verreisen, wenigstens kurz, dachte ich. Die Beerdigung wäre erst nächste Woche, und drei Tage etwas anderes zu sehen, konnte nicht schaden.

Bevor ich wieder einschlief, schlug ich noch einmal Champlains Buch auf. Mir war eingefallen, dass Durs womöglich durch Anstreichungen oder Notizen einen Hinweis für mich verborgen haben könnte, doch ich fand nichts. Das Buch war beinahe makellos, obwohl es schon so alt war. Ich roch an diesem ehrwürdigen Papier, strich mit der flachen Hand über die Seiten und versuchte mir vorzustellen, durch welche Hände dieses Exemplar wohl bereits gegangen sein mochte. In welchem Haus hatte es wohl die Jahre der Französischen Revolution überstanden, den Ersten Weltkrieg, die deutsche Besatzung Frankreichs?

Da hörte ich mit einem Mal den Aufzug, der mit Rattern und Stöhnen nach oben fuhr. Ich sah auf meinen Wecker, es war kurz nach drei Uhr früh, an einem Mittwoch. Ich wunderte mich und lauschte in den Gang hinaus. Dort hörte ich Schritte, doch niemand schloss eines der Wohnheimzimmer auf. Ich stand auf und presste das Ohr an meine Tür, doch nichts war zu hören. Die Aufzugtür ging wieder zu, aber der Aufzug fuhr nicht nach unten. Die Person, die gerade ausgestiegen war, musste also noch in unserem Flur stehen. Ich lauschte weiter. Mein Wecker tickte, und irgendwann versuchte ich mir einzureden, dass ich mir die Schritte nur eingebildet hatte. Ich kroch wieder in mein Bett und versuchte zu schlafen.

Am nächsten Morgen stand ich mit leichtem Gepäck am Bahnhof von Fribourg und wartete, wie von Antoine erbeten, am Zeitungskiosk, wo mein Blick über die Schlagzeilen wanderte. Ein frischer Wind blies durch das Tal, und auf dem Vorplatz des Bahnhofs tanzte eine Mülltüte im Kreis. Ich schaute auf die Überschriften der ausgehängten Zeitungen und wunderte mich, dass in dieser kleinen Stadt neben den Lokalzeitungen, der *NZZ*, *Le Courrier* und *Le Temps* aus Genf sogar die *New York Times* und *Le Soir* aus Brüssel verkauft wurden. Es musste hier Professoren oder Studenten aus Belgien geben, die vom Heimweh getrieben Zeitungen am Bahnhof kauften, dachte ich. Hatte nicht Dr. Duval einen leicht belgischen Akzent, benutze er nicht immer wieder typisch belgische Wendungen? Ich versuchte mir in Erinnerung zu rufen, woran sich eine belgische Aussprache festmachen ließ, doch ich konnte mich nicht entsinnen. In einem Kurs zur Frankofonie hatten wir einst verschiedene Ausdrücke gelernt, die nur in Belgien geläufig sind, *perdre ses tartines* für das in Frankreich übliche *perdre le nord*, den Verstand verlieren, so erinnerte ich mich. Waren es solche Wendungen, die mich auf die Idee brachten, Dr. Duval könnte hier, am Bahnhof von Fribourg, die Zeitungen aus seiner Heimat kaufen? Belgische Wendungen, so war uns erklärt worden, seien heute auch in der ehemaligen belgischen Kolonie Kongo gebräuchlich, wo ein *baguette* als *pain français* bezeichnet werde, ein Umstand, über den wir damals schmunzelten. Oder war es etwas anderes, das mir meinen Dozenten seltsam erscheinen ließ, etwas, das hinter der Sprache lag, so überlegte ich, immer noch auf die Zeitungen blickend, die sich leicht im Wind bewegten, festgeklemmt am Ständer des Bahnhofskiosks.

Da kam Antoine von hinten aus dem Gebäude. Wir begrüßten uns mit zwei Wangenküssen und schlenderten zum Gleis. Er erklärte mir, dass er mit mir nach Lourmarin fahren wolle, dass ihm klargeworden sei, dass nun Taten und nicht Pläne das Gebot der Stunde seien. Zudem habe er die Möglichkeit, das Auto eines Cousins in Genf zu leihen, und diese Gelegenheit gelte es beim Schopfe zu packen. Die Bahntickets nach Genf habe er bereits gekauft, weil er sich völlig sicher gewesen sei, dass ich kommen würde. »Il faut profiter de cette occasion«, sagte er, und wieder bohrte sich die Wendung in mein Hirn wie ein Widerhaken.

»Oui, il le faut«, antwortete ich.

In Genf holte uns sein Cousin mit jenem alten VW-Käfer vom Bahnhof ab, mit dem wir weiter nach Süden reisen würden. Wir fuhren zu Antoine nach Hause, den Berg hinauf in wohl einen der teuersten Vororte Genfs, wie mir bald klar wurde, denn es reihte sich schon bald eine Villa an die andere. Der Wagen röhrte und knatterte, mir wurde übel, als ich so auf der Rückbank hin- und her geschleudert wurde, während sich die anderen beiden vorne unterhielten. Der Bahnhof von Genf hatte sehr schmuddelig ausgesehen, die gegenüberliegenden Häuser regelrecht verrottet, nun aber wurden die Häuser mit jeder Biegung schöner. Als wir schließlich das Haus seiner Familie betraten, verschlug es mir beinahe den Atem. Es handelte sich um eine weiß getünchte Villa, die sich über dem Genfer See erhob und sich durch ihre symmetrische Architektur, die Säulen am Eingang, die Höhe der Decken, die große, runde Terrasse wie ein Märchenschloss ausnahm. Ein Haus wie aus einer idiotischen amerikanischen Fernsehserie, schoss es mir durch den Kopf, als mich Antoines Mutter mit einer beiläufigen Höflichkeit begrüßte, die erahnen ließ, dass ich nicht die erste Freundin war, die er mit nach Hause brachte. »Merda!«, flüsterte ich mir zu. Große Vasen, blau-gläsern geschwungene Kunstwerke, wie ich sie erst Jahre später in den teuren Geschäften Venedigs sah, standen im Salon. Daneben waren Familienfotos in Silberrahmen aufgereiht. Antoines Vater, braungebrannt, legte seine Arme um die sitzenden Kinder. Während ich mit seiner Mutter, einer eleganten, aber durchaus reservierten Dame, auf der Terrasse parlierte und eine kalte Limonade trank, holte Antoine einige Dinge aus seinem Zimmer. Seine Mutter trug erkennbar teuren Schmuck mit einer erstaunlichen Selbstverständlichkeit, einer Nonchalance, wie ich dachte. Sie siezte mich und sprach mich zugleich mit Vornamen an, *vous*, *Dorela*, wie es auch Dr. Duval in seinen Kursen zu tun pflegte.

Wir verabschiedeten uns schnell und saßen wenige Minuten später im knatternden Käfer auf der Autobahn von Genf nach Süden. Im Zug hatten wir uns über das Studium unterhalten, nun aber begann ich Antoine nach seiner Familie zu fragen, und er erzählte entspannt von seinen drei Geschwistern, seinem Vater, der ein begeisterter Segler war und leidenschaftlich die *Vendée Globe* verfolgte, eine Non-Stop-Regatta für Einhandsegler, die einmal um die Welt fahren. Benannt sei sie nach der Region in Westfrankreich, wo sie in der Vendée im Hafen von Les Sables-d'Olonne alljährlich ihren Ausgangspunkt nehme.

Die Strapazen einer solchen Weltumsegelung seien unvorstellbar, geradezu übermenschlich. Dort unten, auf dem Lac Léman, so erzählte Antoine, besitze die Familie ein altes Segelboot, eine Lacustre, ursprünglich gebaut für die schwedischen Schären, nun aber als Sportsegelboot auf dem Genfer See sehr beliebt. Ich blickte auf den glitzernden See hinab und versuchte mir das von ihm beschriebene lange und elegant dünne Holzboot vorzustellen, als er die Musik aufdrehte. Wir hörten eine Kassette seines älteren Bruders, die im Autoradio steckte. Ich erinnere mich noch, dass sich auf der einen Seite die rockige Bluesmusik eines Gitarristen aus Louisiana befand, *Swamp Rock*, wie Antoine erklärte, und auf der anderen Seite eine damals noch recht unbekannte Band: *New Wave* hatte Antoines Bruder in Großbuchstaben darauf geschrieben, ohne anzugeben, um welche Band und welches Album es sich handelte, aber ich erinnere mich an Songs wie *A Forest* und *Killing an Arab*. Die beiden Seiten dieser Kassette verdichten sich in meiner Erinnerung zu zwei sehr unterschiedlichen Klängen, ganz so, als handelte es sich bei *Swamp Rock* und *The Cure* um jeweils nur einen durchgängigen langen Ton, der sich von Song zu Song zwar weiterentwickelt, aber doch identisch und unverkennbar bleibt. Aus den Lautsprechern des alten Käfers kam wohl eher ein Geplärr als echte Musik, aber unsere jugendliche Begeisterung ergänzte, so denke ich jetzt, alle Obertöne und Bässe intuitiv. Wir brauchten keinen guten Klang, um zu verstehen, was uns die Musik sagen sollte.

Nach einigen Stunden waren wir müde, es war bereits früher Abend, und Antoine sagte, er habe keine Lust mehr, zu fahren. Als ein Schild das kleine Städtchen Sisteron ankündigte, fuhren wir von der Autobahn ab, um uns ein kleines Hotel zu suchen. Es war Anfang Oktober und es gab keinerlei Grund, etwas anderes als ein verschlafenes, beinahe verlassenes Provinznest zu erwarten. Antoine kannte die spektakulären Gesteinsformationen, für die Sisteron bekannt ist, doch mir verschlug es die Sprache, als wir einen Berg erblickten, der aussah, als hätte Gott mit Felsmassen einen Papierstapel geformt und seitlich aufgeschichtet. Eine Steinbrücke führte über die Durance hinüber zu diesem Berg mit der Zitadelle, die über dem Städtchen thront.

Wir parkten und schlenderten durch die kühler werdende Abendluft. »L'heure bleue«, sagte Antoine, die blaue Stunde, und blickte in den wolkenlosen, dunkelblauen Abendhimmel, an dem die ersten Sterne aufgingen. Ich erinnere mich noch sehr genau an dieses tiefe Blau, das nicht mehr durch Licht, sondern durch abstrahlende Wärme zu entstehen schien, so als würde der Himmel nach dem Ende des Tages noch etwas nachglühen, wie ein mächtiges sterbendes Tier, dessen Körper allmählich erkaltet.

Schnell fanden wir ein Hotel. Antoine verwendete keine Mühe darauf, bescheiden zu wirken, und wählte das *Grand Hôtel du Cours*, dessen Name zwar mehr versprach als gehalten wurde, doch für mich war es dennoch glorreicher als jeder andere Ort, an dem ich je Station gemacht hatte. Er hatte in aller Selbstverständlichkeit ein Doppelzimmer genommen und wir warfen unsere Reisetaschen auf ein großes französisches Bett. Dann schlenderten wir ziellos durch die Stadt und landeten vor einer romanischen Kirche, deren riesige Mauern an eine Burg denken ließen. Selbst die Fenster wirkten schmal wie Schießscharten. Wie eine riesige Schildkröte schien sie einen Angriff zu erwarten. *Notre-Dame-des-Pommiers* las ich auf einem

Schild und wunderte mich über diesen Namen, eine Heilige Mutter der Apfelbäume, so dachte ich damals, konnte wohl kaum gemeint sein.

Mir wurde kalt und Antoine gab mir sein Sakko, das er mir zärtlich auf die Schultern legte. Wann küssen wir uns endlich?, dachte ich, doch Antoine schien keine Eile zu haben. Wir kamen an einem kleinen Laden vorbei, *un petit arabe*, wie man in Frankreich sagt. Antoine bat mich zu warten und kam bald mit einem Baguette, Käse und Wein heraus. Wir setzten uns oberhalb des Flusses auf ein breites Steingeländer, und obwohl das Rauschen der Autobahn von der anderen Seite zu hören war, schien mir der Ausblick spektakulär schön. Wir tranken Bordeaux aus Pappbechern und blickten den Lichtern der Autos auf der anderen Seite nach. Antoine starrte plötzlich nachdenklich ins Dunkel. »Morgen fahren wir zu Camus«, sagte er auf Französisch. »Aber heute sind wir noch hier«, antwortete ich, nahm seine Hand und küsste ihn.

Lourmarin ist ein Dorf mit höchstens eintausend Einwohnern, gelegen zwischen Avignon und Manosque. Wir kamen am frühen Nachmittag an, als die Sonne nur kurze Schatten warf und die Grillen bereits laut zirpten. Am Dorfrand stand ein Pferd, friedlich kauend, nicht eingezäunt, das mich mit interessierten schwarzen Augen ansah, als wir langsam vorbeifuhren. Erstaunlich, dachte ich, dass man hier die Pferde einfach frei herumlaufen lässt. Wir parkten auf dem Dorfplatz, direkt beim *Hôtel de Ville*, wo nur einige alte Männer in einem Café saßen und rauchten. Vor ihnen stolzierten Tauben über den Kies. Antoine hatte mir die ganze Fahrt von Lourmarin vorgeschwärmt, jenem Ort, an dem er selbst noch nicht gewesen war, der aber seit dem Ende der 1920er-Jahre für einen mittelmeerischen Geist, ein mediterranes Denken bekannt wurde. Durch Camus' Grab sei dieser Ort geheiligt, ein Ort frei vom Getöse Europas, sagte Antoine, ein Ort außerhalb des Reiches. Wenn ich jetzt zurückdenke, so glaube ich mich tatsächlich an eine besondere Stimmung in Lourmarin zu erinnern. Lag es wirklich an diesem Ort, gingen die Tauben tatsächlich besonders friedlich über den Dorfplatz unter den Platanen oder war es Antoine, der mir das Gefühl vermittelte, angekommen zu sein, dort zu sein, wo ich tatsächlich sein wollte?

Schließlich fanden wir das Grab auf dem Dorffriedhof, in der Tat eine ganz einfache rechteckige Steinplatte, in die tief und mit großen Blockbuchstaben eingeschlagen war: »ALBERT CAMUS 1913–1960«. Antoine strich zärtlich mit der Hand über den Stein. »Albert et Antoine«, flüsterte er, und ich erinnere mich noch, dass mir diese Geste befremdlich, ja grotesk vorkam. Konnte die Bewunderung für einen Schriftsteller so weit gehen, dass man sich am Grab benahm, als verkehre man mit einem Verwandten? Die Mittagssonne ließ die Schrift besonders hart und kantig erscheinen, eine römische Schrift, dachte ich, und mir fiel ein Ausspruch ein, den ein deutscher Romanist einmal formuliert hatte: *Je suis romain*, ich bin römisch oder romanisch, ein eigentlich unübersetzbarer Satz, den man auf Deutsch gar nicht recht denken kann. *Jau sun rumantsch*, dachte ich, ohne zu wissen, was meine Zugehörigkeit zu den Bündnerromanen bedeuten könnte. Bin ich wirklich rumantsch? Träume ich auf Rätoromanisch, auf Schwyzerdütsch oder auf Französisch? Diese Fragen gingen mir durch den Kopf auf dem Friedhof von Lourmarin zwischen Kreuzen aus Stein. Als Antoine dort in der Hocke saß, die Hand mit seinen langen, zarten Fingern auf dem Grabstein, hatte ich das Gefühl, dass von Camus etwas Gefährliches ausging, ein Sog, dem ich mich nicht aussetzen wollte. War diese harte Schrift wirklich seine Signatur, sein letzter Text, wie Antoine gesagt hatte, oder war es eher der erbarmungslose Stempel, ein Brandzeichen, das das Reich in sein Leben gedrückt hatte, über den Tod hinaus? Schließlich stand Antoine auf und streckte sich.

Wir verließen den Friedhof und beschlossen, einen kleinen Spaziergang zu machen. Die Grillen zirpten unglaublich laut. Seit Jahrtausenden, dachte ich, musste dieses Geschrei hier in der Vaucluse zu hören sein, ja vermutlich hatten bereits die Cro-Magnon-Menschen bei ihren Streifzügen durch diese Hügel das knarrende Geräusch der Grillen im Ohr gehabt. Da nahm Antoine meine Hand, zog mich zu sich und küsste mich heftig.

Wir schlenderten aus dem Dorf, bis wir uns schließlich auf einer Wiese in den Schatten einiger Bäume legten. Erst am Abend setzte ein leichter Wind ein und die Gräser bewegten sich vor dem dunkler werdenden Himmel.

Wenn ich jetzt zurückdenke, so kann ich mich nicht genau erinnern, was wir damals machten, wie wir diese wenigen Tage und Stunden verbrachten, doch es blieb ein Gefühl des Glücks, des Lichts. Ja, wenn ich mich jetzt erinnere, so denke ich, dass diese Tage in Lourmarin die glücklichsten in meinem Leben waren, dass wir beide damals an einem Ort außerhalb der Zeit waren, *außerhalb des Reiches*, wie Antoine gesagt hatte.

Als wir zwei Tage später aufbrachen, waren wir beide, so dachte ich, immer noch erfüllt von diesem Licht, von der Wärme und Ruhe Lourmarins. Auf der Heimfahrt veränderte sich Antoines Stimmung jedoch mit jedem Kilometer, den wir weiter nach Norden fuhren. In Lourmarin hatten wir uns fast unentwegt geküsst und unsere Hände ineinander verschränkt, nun aber verfiel er am Steuer sitzend in einen fast dozierenden Gesprächsstil, in dem er seine Ansichten über diesen und jenen Autor zum Besten gab. Erst viel später lernte ich einen englischen Ausdruck kennen, der diese Haltung beim Namen nennt – *to have strong views* – eine Haltung, die, so hat sich mir im Laufe der Jahre immer wieder aufs Neue bestätigt, bei Männern allen Alters viel stärker ausgeprägt ist als bei Frauen, aus welchen Gründen auch immer. Nun wollte er mit mir über Grenoble nach Norden fahren, wie er in seinen Ausführungen erklärte. Ich erinnere mich noch, dass ihm in seinem Monolog vor allem daran gelegen war, eine Form des radikalen Lebens von einem bloß banalen Leben zu unterscheiden. In immer neuen Varianten mokierte er sich über Stendhals Hang zur Beflissenheit, den er mir in Grenoble vor Augen führen und gerade dadurch auszutreiben beabsichtige. Aus diesem Grund allein sei er nicht Richtung La-Tour-du-Pin abgebogen, sondern habe den etwas längeren Weg gewählt, der über Grenoble zurück nach Genf führen würde.

In Grenoble fuhren wir von der Autobahn ab und folgten den Schildern Richtung *Centre ville*. Wir parkten an einer der vielen Brücken und gingen hinüber ins Stadtzentrum. Ich erinnere mich noch, dass mich die Altstadt, die stolz im Tal liegt, beeindruckte, denn sie strahlte erhabener als Fribourg, viel leichter und lichter als Chur. Hohe Häuser aus der Jahrhundertwende wirkten, als sei man in Paris. Hier könnte ich leben, dachte ich.

Antoine wollte mir sein Lieblingsbistro in der Nähe des *Jardin de Ville* zeigen, doch wir ließen uns Zeit, bis wir uns schließlich dort gegenübersaßen. Seine grün-blauen Augen ließen mich nicht los. Während wir unsere Salate aßen, fragte er mich plötzlich geradeheraus, was ich werden wolle.

»Et toi, qu'est-ce que tu veux faire dans la vie?«

Französisch zu unterrichten, in der Ostschweiz zu leben, eine Familie zu haben, alle Elemente meiner Antwort, so erinnere ich mich, trieben uns weiter auseinander. Er hielt sich zurück, doch ich spürte, dass er meine Gedanken und Hoffnungen geradezu bemitleidete. Kleinkariert, erbärmlich, mutlos, diese Worte glaubte ich in seinen Augen lesen zu können, während er zustimmend nickte und so tat, als sei alles, was ich sagte, ebenso schön wie einleuchtend. Sein Lob, ich wirke an der Uni immer sehr gut vorbereitet, erschien mir wie ein nur schlecht verhüllter Spott. Aber studierte er nicht auch auf Lehramt?, fragte ich mich.

Als wir beim Kaffee angekommen waren, begann er über Dr. Duval zu sprechen. Dessen Nostalgie für die römische Kultur sei ein schlechter Witz, denn schließlich sei Rom eine einzige Kriegs- und Unterwerfungsmaschine gewesen, ein Monstrum, das Ausbeutung, Sklaverei und den Foltertod am Kreuz in die entlegensten Winkel der antiken Welt getragen habe. Im Kolosseum in Rom habe man Menschen in einen eisernen Esel gezwungen, ein Feuer unter ihnen angesteckt und sie bei lebendigem Leibe verbrannt, während sich das Publikum darüber amüsierte, dass aus dem Maul des Esels das Schreien der Sterbenden drang. Ausnahmslos alles an Rom, was untergegangen war und weiter untergehe, sei es wert, zu verschwinden. Latein sei eine widerliche Sprache, geschaffen von Bauern, geeignet lediglich für Ankläger und Militärverwalter, benutzt zur Kolonialisierung der Welt, die sich durch die Jesuiten fortgesetzt habe. Anstelle der breiten römischen Straßen interessiere er sich für die alten keltischen und gallischen Schleichwege, für die Umwege, die Nebenwege, für die Kurven, nicht die Geraden. Die Müdigkeit fuhr mir in die Knochen, während ich Antoines Angriff auf Dr. Duval folgte, einer Gegenrede, in der er immer weiter ausholte, sich zu immer verrückteren Großthesen steigerte. Dem Französischen, so Antoine, wolle er das Lateinische austreiben, es zurückführen zu den darin verborgenen Einflüssen der Gallier, dem Ungezähmten und Wilden, das in vielen Worten und Wendungen die Jahrhunderte überdauert habe wie Samen in einem ausgetrockneten Boden. Daher wolle er Schriftsteller werden, Künstler, Freidenker, alles auf eine Karte setzen, auch wenn es ihn das Leben koste, *Résistance* statt *Renaissance*.

Wir bestellten einen weiteren Espresso, während ich ihn ratlos anblickte.

Als er den Kopf zur Stadtseilbahn wandte, zur *Téléphérique*, einem Wahrzeichen Grenobles schon damals, glaubte ich, auf seinem Gesicht das Gefühl tiefer Verachtung zu erkennen. Der Kellner kam, gekleidet in schwarzer Hose und weißem Hemd, wie es sich für ein feines Café gehörte, doch Antoines Blick verharrte in der Ferne. Die runden Metallkugeln der Seilbahn, in denen Touristen auf die Festung der Bastille hinaufgondelten, wirkten in der Tat wie die architektonische Verkörperung eines banalen Lebens. Wer sich in diese albernen Dinger hineinsetzte, hatte, so war aus seinem Gesicht abzulesen, jeden Anspruch auf Wertschätzung verspielt. Ich schwieg und blickte in meine Espressotasse, auf deren Boden ein kleiner brauner Rest geblieben war.

Dann brachen wir auf und suchten das *Musée Stendhal*, das sich in der *Grande Rue* befand. Es sei bezeichnend, so sagte Antoine während wir nebeneinander gingen, dass Stendhal seine Geburtsstadt bald verlassen und stets

Italien als seine eigentliche Heimat betrachtet habe, man sich hier aber nicht schäme, ihn als Stadthelden zu feiern. Schließlich hatten wir die Adresse erreicht, doch das Museum war wegen Umbauarbeiten geschlossen. Ein anderes Mal, *une autre fois*, sagte Antoine, und wir schlenderten durch die Altstadt zum Auto zurück. Als er den Motor anließ, rüttelte und ratterte der Käfer etwas, doch schon bald waren wir wieder auf der Autobahn, weiter Richtung Norden. Wieder stampfte die Musik im Takt des Diesels.

Noch heute habe ich den Anblick dieser Autobahn vor meinem inneren Auge, die sich in langen Bögen immer weiter in die Alpen schraubt. Zurückblickend, die Dinge ordnend, frage ich mich, ob ich damals in Grenoble etwas falsch gemacht habe. Hätte ich ihn in seinem Groll ernst nehmen, ihm beipflichten, mich zur Verbündeten in seinem Kampf erklären sollen? Ich erinnere mich noch, dass ich damals ratlos war, und denke heute, dass diese Ratlosigkeit für das verantwortlich war, was dann geschah. Ja, in den wenigen Minuten in Grenoble hätte alles anders werden können, doch ohne es zu merken, hatten wir uns getrennt, wenige Stunden, nachdem unsere Affäre begonnen hatte.

Durs' Beerdigung durchlebte ich wie eine Fiebervision. Die Kirche in Tiefencastel ist recht klein, aber aus wuchtigen Mauern gebaut. Sie geben eine in hunderten Wintern gesammelte Kälte ab, die kein Sommer besiegen kann. Zwischen ihnen verbrachte ich fast zwei niederdrückende Stunden, zwischen meiner Mutter und meinem Bruder sitzend, Stunden, in denen mir unverständliche theologische Einsichten über das kommende Reich Gottes verkündet wurden. Selbst das Vaterunser, auf Rumantsch

Grischun gebetet, tönte mir irgendwie unendlich fremd, und ich erinnere mich noch, dass ich regelrecht zusammenzuckte, als der Anfang gesprochen wurde, *Bab noss, ti che es en tschiel!*, der mir mit einem Mal vollends unverständlich war. Die offenen Vokale hallten in mir nach, als wir darum baten, dass Gott uns vor dem Bösen bewahren möge, *ma spendra nus dal mal!*, eine geradezu heidnisch anmutende Bitte um Beistand gegen die Mächte der Finsternis. Ich stellte mir vor, wie die Bauern dieser Gegend diesen Satz vor hundert Jahren gesprochen haben mochten, als sie sich noch in einer Welt voller Dämonen und Geister wähnten. Auch provozierte der Weihrauch einen Schwindel und ein Unwohlsein, eine Art Überlastung mit Eindrücken als deren letztes Element ausgedehnte Orgelstücke hinzukamen, die unbarmherzig auf uns niederdröhnten, als wollte man uns ausschimpfen oder anklagen.

Ich war erst am Vorabend aus Fribourg angereist und äußerst müde, ja genau genommen zutiefst, bis an die Grenze des Erträglichen erschöpft. Meine Gedanken hingen noch bei Antoine und unserer Reise, doch die Beerdigung musste wie ein Waffengang durchgestanden werden. Nach langen Autobahnstunden waren wir beide schließlich in Genf angekommen, hatten dort den Wagen abgegeben und waren noch am selben Tag weiter nach Fribourg gefahren. Schweigend hatten wir Hand in Hand nebeneinandergesessen und uns schließlich mit einem langen Kuss am Bahnhof verabschiedet. Die frischen Erinnerungen ließen mir die Kirche in Tiefencastel umso finsterer erscheinen. Ich hatte das Gefühl, keine Luft zu bekommen, und sehnte den Augenblick herbei, da wir endlich die Kirche verlassen und Durs' Sarg wenige Meter vor der Kirche in die Erde senken würden.

Mein Bruder saß neben mir wie versteinert. Ich nahm seine Hand, um ihm zu sagen, dass es bald geschafft sei. Er wirkte in der Tat wie erstarrt, seine Hand war kalt. Endlich erhoben wir uns und schritten langsam hinter dem Sarg her, der nach draußen getragen wurde, ein Sarg aus dem hellen Holz der Lärchen Graubündens. Ich blinzelte kurz und freute mich, als mir der frische Wind entgegenschlug. Der Sarg wurde in die Erde gesenkt und mich störte der Lärm vorbeifahrender Lastwagen. Tiefencastel liegt an einem Knotenpunkt, und jeden Tag rollen Bauschutt, Milchcontainer, Bauholz und andere Transporte durch das Dorf und lassen die Mauern der alten Häuser im Dorfkern erzittern.

Auch ich warf eine Blume und etwas Erde hinab auf den Sarg, aber ich konnte dabei nur verschwommen an Durs denken. Eigentlich unhöflich, so dachte ich, einem Verstorbenen Erde, Blumen und Weihwasser hinterherzuwerfen! »Wo bist du jetzt?«, murmelte ich und zwang mich, auf dem Kies nicht das Gleichgewicht zu verlieren. Man kondolierte sich gegenseitig, und ich musste daran denken, dass die Vorstellung eines Lebens nach dem Tod nicht aus der Welt zu schaffen war, dass diese Idee in mir aufstieg als ein Gefühlsgedanke, wie aus einer tiefer liegenden, beinahe animalischen Hirnschicht. Hatten nicht auch die Irokesen an die ewigen Jagdgründe geglaubt? Glaubten die Stämme im ewigen Eis nicht an eine jenseitige Waljagd? Und während wir den Friedhof verließen und durchs Dorf zu einem Restaurant hinübergingen, musste ich schmunzeln über die Lächerlichkeit menschlicher Jenseitsvorstellungen.

Vor dem Gasthaus standen einige junge Männer herum. Ich erkannte Thomas, mit dem ich in die Volksschule gegangen war. Er sah mich an und sagte: »Sinceras condolaziuns!« Ich nickte. Die beiden anderen kannte ich nur vom Sehen, sie stammten aus den Dörfern weiter oben im Albulatal. Ich erinnere mich noch, dass es eher der Widerwillen war, zu meiner Verwandtschaft ins Restaurant zu gehen, denn das Interesse an Thomas, das mich dazu bewog, kurz stehen zu bleiben. Ich stand schon auf der Schwelle, als ich mich ihm zuwandte.

»Wie geht's dir denn so?«, fragte ich auf Rumantsch in der Hoffnung, schnell jenen Moment der Verunsicherung zu überwinden, der bisweilen entsteht, wenn man Freunde und Bekannte nach langer Zeit wiedersieht.

Thomas erzählte, dass er nun die Ausbildung bei der kantonalen Polizei mache, etwas Nützliches und Sicheres, außerdem vernünftig, wie er betonte. Ich wunderte mich etwas, denn als besonders vernünftig war mir Thomas nicht in Erinnerung. Als ich erzählte, dass ich studiere, nickte er nur anerkennend. Lehrerin für Französisch, das sei doch auch eine vernünftige Aussicht, sagte er schließlich.

Irgendwann kam mein Vater vor die Tür und holte mich. An den Gesprächen bei Tisch beteiligte ich mich kaum. Entferntere Verwandtschaft war angereist, zwei Schwestern meines Vaters, die ich nur selten sah. Ihnen musste ich von meinem Studium berichten, während auf meinem Teller die schwere braune Bratensoße über Kroketten gegossen wurde. Ich stellte mir vor, wie Thomas bald in einem Polizeikombi die langen Strecken durch das Albulatal fahren würde, stetig im Einsatz für das Gemeinwohl, an jenen Bergen vorbei, auf die er seit seiner Kindheit geblickt hatte. Hier würde er Autounfälle aufnehmen, im einen oder anderen Nachbarschaftsstreit vermitteln, Grillplätze kontrollieren und den einen oder anderen verirrten Touristen oberhalb der Baumgrenze einsammeln. Ich erinnere mich noch, dass ich mich nicht entscheiden konnte, ob ich diese Aussicht paradiesisch oder höllisch finden wollte.

Am Tisch wurde über Durs gesprochen, aber fast nur über seine Kindheit, Geschichten aus der Schulzeit machten die Runde. Über allem lag die bleierne Last eines zu frühen Todes. Dann wurde auch mir klar, was mich aufwühlte: Was machst du bloß für Sachen, Durs!, dachte ich plötzlich. Was soll ich denn mit diesem Quatschgeschenk anfangen! Das Buch von Samuel de Champlain war eine Belästigung, eine unverschämte Zumutung, so dachte ich zwischen meinen Tanten in einer dunklen Wirtsstube sitzend. Ich erinnere mich noch, dass ich mit einem Mal die Idee hatte, das Buch in die Albula zu werfen oder es einfach zu verbrennen. Vor meinem inneren Auge sah ich, wie die Flammen das über vier Jahrhunderte ausgetrocknete Papier innerhalb weniger Augenblicke auffraßen.

Endlich gingen wir vom Gasthof in Tiefencastel nach Hause, den Berg hinauf, den kleinen Weg durch den Wald. Ich blieb ein bisschen zurück, indem ich den Gang künstlich verlangsamte und deutete meinem Bruder mit einem Blick an, dass er es ebenso machen sollte. Als wir dann nebeneinander gingen, fragte ich endlich: »Was glaubst du, was passiert ist?«

Mathis zögerte. Wir kamen gerade an der Stelle vorbei, an der ich den Schrei gehört hatte. Nun musste ich nach rechts hinabblicken, aber es war nur ein unscheinbarer Wald zu sehen.

»Er ist krank gewesen. Schon viel länger. Das hatten wir nur nicht gemerkt. Er ist nicht erst in Berlin merkwürdig geworden. Das fing früher an.«

Ich wunderte mich, denn so hatte ich Durs nie gesehen. Mein Bruder sah mich durchdringend an.

Ich zögerte und überlegte kurz, ob ich nachhaken sollte, doch der Blick meines Bruders wollte mir bedeuten, dass ich wissen müsste, was er meinte. Das schwere Essen lag mir im Magen, noch nie war mir der Weg hinauf so mühsam vorgekommen, und so gingen wir schweigend hintereinander her. Ich schwitzte, und zwischen Unterhemd und Jacke hatte sich ein heißer Dampf gebildet.

Irgendwann war Durs von dem Wunsch ergriffen worden, Indianer zu werden, dachte ich.

Als wir an unserem Elternhaus ankamen, saßen unsere Eltern bereits am Küchentisch. Sie erschienen mit einem Schlag um Jahre gealtert, ja zum allerersten Mal dachte ich, dass sie nun wirklich alt waren. Noch einmal blickte ich ins Tal hinunter, bereits auf der Schwelle stehend, bevor ich ins Haus ging. Urplötzlich überkam mich der Wille, diesen Ort für immer zu verlassen, und ich erinnere mich noch, dass ich an diesem Abend das Gefühl hatte, zum allerletzten Mal in diesem Haus zu übernachten.

Ich ging früh zu Bett, während meine Eltern und mein Bruder noch in der Küche beisammensaßen. Als ich an der Kammer vorbeikam, in der Durs' Sachen lagerten, musste ich an Thomas denken. Als Kinder waren wir durch den Wald gestreift, hatten Indianer gespielt, Löcher gebuddelt und uns kleine Hüttchen gebaut. Seine Eltern waren Milchbauern. Alle anderen, mit denen wir damals spielten, hatten das Dorf längst verlassen, aber Thomas war immer noch da. Nun würde er also Polizist werden, und ich erinnere mich, dass mir damals dieser Beruf völlig passend vorkam, so als habe Thomas seinen Ort gefunden. Ich zog den Pyjama an, und während ich die Zähne putzte, fiel mir ein, dass ich einmal erlebte, wie bei Thomas im Stall eine Kuh starb. Eine Geburt ging schief, das Kalb war mit Kopf und Vorderlauf gleichzeitig im Geburtskanal eingeklemmt, es war furchtbar, und wir Kinder standen wie angewurzelt im Stall, während Thomas' Vater um das Leben der Kuh kämpfte. Schließlich schickte er uns weg. Als wir rausgingen, fuhr uns das Schreien der Kuh durch Mark und Bein. Der Tierarzt kam zu spät, und am Ende starben beide, die Mutterkuh und das Kalb, die eine verblutet, das andere erstickt. Ich sah mich selbst im Spiegel, die Zahnbürste im Mund, und dachte zurück an diesen grauenhaften Tag, der Thomas und mich auf seltsame Weise bis heute verband, als hätten wir ein Geheimnis gesehen.

Als ich versuchte einzuschlafen, hörte ich, dass unten gestritten wurde. Mein Bruder und mein Vater wurden laut, doch ich konnte nicht verstehen, was sie sagten. Während ich einschlief, wanderten meine Gedanken zu Thomas, dessen Beileid mich berührt hatte, spontan formuliert auf der Schwelle eines Dorfgasthofes.

Ich hatte gehofft, bei meiner Rückkehr im Wohnheim in Fribourg einen Brief von Antoine zu finden, doch in meinem Postfach lag nichts von ihm. Wieder fuhr ich mit dem ratternden Aufzug hinauf. Eigentlich wollte ich ihn unbedingt noch an diesem Abend sehen, doch dann beschloss ich, mich bis zum kommenden Morgen zu gedulden.

Das Wohnheim war erstaunlich still. Erst als ich meinen Rucksack auspackte, fiel mir auf, dass Sylvie und Marlène nicht da waren, ja dass sich überhaupt niemand auf dem ganzen Stock aufzuhalten schien. Ich ging in die Gemeinschaftsküche, doch hier war alles aufgeräumt und wie ausgestorben. Ich blickte aus dem Fenster hinaus auf Fribourg und die umliegenden Hügel. Plötzlich überkam mich ein Gefühl der Panik, als wäre ich in einer Art Heim oder Anstalt, in einer geschlossenen Abteilung eines Spitals. Die abgegriffene Ordentlichkeit der Küche, die hundert- und tausendfach geputzten Oberflächen widerten mich plötzlich an. Ich sah auf den PVC-Boden, der sich über das ganze Wohnheim ausbreitete, hellbraun, widerstandsfähig, leicht zu putzen, gleichermaßen praktisch wie hässlich. Ich suchte nach dem französischen Wort, *revêtment de sol*, aber nun fiel mir der deutsche Begriff nicht mehr ein. Auf Rumantsch hatte ich noch nie über PVC-Böden gesprochen, über ihren deprimierenden, die Seele abtötenden Anblick. Mit einem Mal hatte ich das Gefühl, im Wechsel der Sprachen nicht mehr sprechen oder denken zu können, zwischen den Sprachen verloren zu gehen, *entre les langues*, übersetzte ich mir. Mir schwindelte und ich ging schnell in mein Zimmer zurück, vorbei an unserem Gemeinschaftstelefon, das mich anschwieg und mir wie ein Stationsarzt prüfend hinterhersah.

Ich setzte mich an meinen Schreibtisch und blickte durchs Fenster. Obwohl ich keine Kopfschmerzen hatte, nahm ich eine Aspirintablette, die mir das Gefühl einflößen sollte, alle zur Verfügung stehenden Mittel zu nutzen. Dann begann ich meine Aufzeichnungen in der Hoffnung, Ordnung in meine Gedanken bringen zu können. Ich nahm mir vor, möglichst präzise zu benennen, was mir widerfahren war, und benutzte dafür einen meiner Ringblöcke, die ich auch an der Uni verwendete. Indem ich mich auf eine möglichst nüchterne und doch genaue Beschreibung konzentrierte, trat die Sprache zwischen mich und die aufdringliche Welt. Ich hielt mich an einzelnen Worten und Wendungen fest wie eine Ertrinkende am Treibgut. Durs' rätselhafter Tod musste, so dachte ich, irgendwie festgehalten werden.

Nachdem ich fast eine Stunde geschrieben hatte, fühlte ich mich besser. Ich beschloss, noch etwas spazieren zu gehen, wenigstens eine halbe Stunde umherzuschlendern, um auf andere Gedanken zu kommen. Ein Herbstabend in Fribourg müsste doch eigentlich schön sein. Als ich vor das Wohnheim trat, blickte ich kurz zurück. Es war mittlerweile halb zehn Uhr abends, und ich war erstaunt festzustellen, dass im gesamten Wohnheim kein Licht brannte. Hier wohnten rund 120 Studenten, und es schien mir sehr unwahrscheinlich, dass niemand von ihnen zu Hause war. War das ganze Wohnheim verlassen? Vielleicht hatte ich irgendein Schreiben der Hausverwaltung übersehen und wir waren alle angewiesen, wegen einer technischen Wartung eine Nacht woanders zu verbringen. Aber es waren keine Techniker zu sehen, und vermutlich hätte man dazu auch einen Aushang gemacht. Vielleicht fand irgendwo ein Fest statt, von dem ich nichts wusste.

Je näher ich dem Stadtzentrum kam, umso belebter waren die Straßen. Ich ging hinunter zur Saane, zu einer alten Steinbrücke, die auf fast allen Postkarten zu finden war. Offenbar war doch alles normal, dachte ich, als ich auf das Brückengeländer gelehnt hinab in den Fluss blickte. Auf der anderen Uferseite war eine Wiese, auf der sich unsere Clique manchmal traf. Doch ich blieb stehen und hing meinen Gedanken nach. Ich könnte mit Antoine ein neues Leben anfangen, kam mir in den Sinn. Vielleicht mit ihm nach Genf ziehen oder nach Frankreich. Womöglich könnte ich auch etwas anderes als das Lehramt anstreben, in einem Verlag arbeiten, Journalistin werden. Mit Antoine schien alles möglich zu sein, so dachte ich damals, als ich auf der Brücke stand und das strömende Wasser unter mir betrachtete, in dem sich die Algenbänder langsam bewegten, kaum zu sehen im schwarzen Fluss.

Als ich zurück zum Wohnheim kam, lag dieses immer noch in völligem Dunkel. Ich öffnete mit dem Schlüssel den Haupteingang und das Licht ging an, ausgelöst durch den Bewegungsmelder. Große Neonröhren an der hohen Decke warfen zunächst kurze Blitze und schließlich ein grelles Licht in den Vorraum der Aufzüge. Die Deckenleuchten summten, während ich auf den Aufzug wartete. Langsam verflüchtigte sich meine gute Stimmung und die Beklemmung kehrte zurück.

Am nächsten Morgen erschien Antoine nicht an der Universität, nicht in Dr. Duvals Kurs und auch sonst nicht. Bei Dr. Duval wurde ein Referat über die antike Rhetorik gehalten, über Stilfiguren und ihre Wandlungen. Eigentlich habe sich, so wurde in den Ausführungen eines blassen Studenten behauptet, fast gar nichts gewandelt, denn ohne bewusstes Zutun orientiere sich unser Sprachempfinden an den Lehrbüchern der Spätantike. Ich sah ständig nach vorne, wo ich Antoine erhofft hatte, auf seinen leeren Platz. Unser Sprechen, Schreiben und Denken bestehe zu weiten Teilen in der Rekombination jener rhetorischen Figuren, die uns die Antike hinterlassen habe, in Dreischritten, Kreuzfiguren oder Umkehrungen, so hörte ich, während ich an nichts anderes als an Antoine denken konnte. Daher könne man sich gar nicht aussuchen, ob man in der Romania leben wolle oder nicht, und überhaupt, so die Folgerung, erstrecke sich die Wirkung dieser klassischen Rhetorik längst bis in die letzten Winkel der Welt. Das Ende des Referats wurde mit gedämpftem Klopfen bedacht, und Dr. Duval begann, einige Überlegungen zu ergänzen.

Am Nachmittag wurde immer deutlicher, dass Antoine Fribourg verlassen hatte. Mehrere Bekannte bestätigten mir, er habe sein Zimmer geräumt und alles hinter sich gelassen. Offenbar hatte er sein Studentenzimmer einfach gekündigt, seinen Kram in einen Mietwagen geschleppt und niemandem aus unserem Freundeskreis, so stellte sich in den folgenden Tagen heraus, etwas erklärt. Uns allen blieb sein fluchtartiges Verschwinden ein Rätsel. Er hatte, so erinnerte ich mich, auch an den didaktischen und pädagogischen Veranstaltungen teilgenommen und nie zuvor war die Frage aufgekommen, ob er tatsächlich Lehrer werden wolle. Hatte er das alles einfach weggeworfen oder nur spontan den Studienort gewechselt?

Vor allem aber fragte ich mich unaufhörlich, ob alles, was ich in Sisteron, Lourmarin und Grenoble empfunden hatte, eine bloße Illusion, ein irriges Hirngespinst gewesen war. Kann man sich so sehr täuschen?, fragte ich mich benommen und hoffte noch am frühen Abend, dass alles nur ein Scherz war. Doch später, als ich bei Nacht mit dem Rad am Fluss entlangfuhr, wurde mir schlagartig klar, dass Antoine Fribourg und mich tatsächlich ohne Abschied und ohne Erklärung endgültig verlassen hatte, und dass ich keinen Brief, keine Karte, kein Abschiedswort mehr zu erwarten hatte.

II.

Es war fünfzehn Jahre später, im Herbst 1999, als Antoine Guérin plötzlich wieder in mein Leben trat, ganz unerwartet und wie durch eine Tapetentür hineinplatzend in ein Leben, das längst klare Formen angenommen hatte. Ich war mit einer Abschlussklasse auf Studienfahrt in Paris, keine leichte Aufgabe, auch wenn meine 15 Schülerinnen und zwei Schüler sich alles in allem vernünftig benahmen und nicht über die Stränge schlugen. Der Himmel strahlte blau über den hellen Häusern der Stadt. Wir hatten gerade die Kathedrale Notre-Dame besichtigt und waren über die Brücke zur Place Saint-Michel geschlendert, wo die Bouqinisten gelangweilt ihre Auslagen anboten. Ihr Anblick führte dazu, dass mich eine leichte Melancholie anwehte, denn die geöffneten Holzkisten wirkten wie bloße Requisiten einer für Touristen orchestrierten Inszenierung. Schon seit den achtziger Jahren konnte man in Paris das Gefühl bekommen, durch einen amerikanischen *Theme Park* zu laufen, in dem sich nur selten die Spuren einer untergegangenen Welt fanden wie verstreute Ruinen im Sand. Ich versuchte mit meiner Kollegin, die Schülerschar im Auge zu behalten, doch mein Blick wanderte immer wieder zu den Fenstern in den obersten Stockwerken der wunderschönen Häuser. Dort wohnen zu dürfen, morgens auf die Seine zu blicken, in einer Stadt voller Buchläden und Kinos, müsste herrlich sein. Oder würde ich mich irgendwann vor dem *Theme Park* ekeln?

An der Place Saint-Michel wollten wir die Straße überqueren und warteten darauf, dass die Ampel grün würde, als ich in einer der großen Verkaufskisten des Buchladens *Gibert Jeune* eine alte Taschenbuchausgabe von Stendhal sah. Es war dieselbe Ausgabe, die ich mir im Studium gekauft hatte, und ohne nachzudenken, griff ich in die Kiste und schlug das Buch auf. Da sah ich, wer es besessen und als sein Eigentum gekennzeichnet hatte: *Antoine Guérin*, eindeutig seine Handschrift.

Ich war wie vom Blitz getroffen, schockiert über diesen Zufall, der uns beide nach so vielen Jahren wieder in Verbindung brachte. Ich ließ meine Schülergruppe warten und bezahlte die fünf Francs, die für die leicht vergilbte Ausgabe verlangt wurden. Mein Herz schlug schneller, denn der Zufall kam mir so unerträglich unwahrscheinlich vor, dass sich mir der Gedanke einbrannte, mit dieser Koinzidenz müsse es eine höhere Bewandtnis haben. Verwirrt folgte ich der Gruppe, die von meiner Kollegin durch die Rue Danton Richtung Odéon gewiesen wurde. Es war später Nachmittag und die Straßen füllten sich langsam mit den Studenten, die aus der medizinischen Fakultät in großen Gruppen hinausströmten. Ich musste mich zwingen, das Buch und Antoine zu vergessen, denn es galt, niemanden zu verlieren. An der Place de l'Odéon zählten wir noch einmal durch und gingen dann weiter Richtung Jardin du Luxembourg. Mein Blick fuhr wie in Trance über die Häuserfassaden, als wir auf der Place Saint-Sulpice standen, denn immer wieder musste ich an Antoine denken.

Als wir im Jardin du Luxembourg an den Tennisplätzen vorbeikamen, versuchte ich mich zu erinnern, worum es in diesem Roman Stendhals, der nun in meiner Tasche steckte, eigentlich ging. Nur langsam setzten sich in meinem Bewusstsein die Teile zu einem Bild zusammen, und vor meinem inneren Auge erwachte die Romanfigur des Julien Sorel zu neuem Leben. Dieser Julien, so hatte man uns damals erklärt, versuchte zunächst innerhalb der katholischen Kirche und schließlich über das Militär einen Weg in die besseren Kreise zu finden, ja einen atemberaubenden sozialen Aufstieg hinzulegen, getrieben von nichts als zynischem Ehrgeiz. Einige in unserer Gruppe hatten sich mit belegten Baguettes versorgt und auf den für den Jardin du Luxembourg so typischen grünen Eisenstühlen gruppiert, während ich mich zu erinnern versuchte, was genau Antoine damals an Stendhal so gestört hatte. Die Schülerinnen – es waren fast alles Mädchen, die den Oberstufenkurs Französisch belegten – blickten kauend auf die Tennisspieler, die hier, mitten in einer Millionenmetropole, seelenruhig Sport trieben. Wie in einem Zoo betrachteten wir die hinter einem banalen Maschendrahtzaun mit ihren Schlägern auf die Bälle dreschenden Vertreter der Pariser Oberschicht. Ein älterer Mann hob gerade einen Ball, als würde er eine gelbe, exotische Frucht vom Boden pflücken, da trafen sich unsere Blicke. Für einen kurzen Moment dachte ich, es könne sich um Antoines Vater handeln, doch sein durchdringender Blick galt wohl nur unserem groben Verhalten, dem schamlosen Blick auf das Tennisspiel, das dort noch in weißer Kleidung gespielt wurde.

Ich griff in meine Manteltasche und zog das Buch heraus; staunend strich ich mit dem Finger über die blaue Schrift. Durch wie viele Hände mochte dieses Buch gegangen sein?

Hatte Antoine selbst es hier in Paris verkauft? Mir war, als spürte ich eine unterirdische Resonanz, als würden unsere beiden Leben erneut verknüpft durch dieses Buch. Da kam leichter Wind auf und wehte die braunen Blätter der Platanen über den Kies.

Als wir am nächsten Morgen in aller Frühe am Gare de l'Est im TGV Platz nahmen, blickte ich hinüber zu meinem Koffer, in dem Stendhal wie ein geheimer Schatz verstaut war. Die Durchsage, die unsere Zwischenstationen auf dem Weg nach Basel ankündigte, erfolgte in einem strengen Französisch und endete mit der merkwürdigen Formulierung *nous sommes à votre disposition*. Dann setzte sich der Zug langsam in Bewegung und nahm, als wir die tristen Vororte durchfuhren, in denen die Häuserwände über und über mit Satellitenschüsseln gepflastert waren, langsam an Fahrt auf. Irgendwann kamen wir nur noch an kleineren, beengt wirkenden Häusern vorbei, die am Rande der Metropole immer weniger wurden, bis wir schließlich die *agglomération* verlassen hatten und auf grüne Ebenen blickten.

Die ganze Fahrt über musste ich an Antoine denken, an unsere Reise in den Süden. Hatte Lourmarin ihm überhaupt nichts bedeutet? Warum nur hatte er mich, uns alle, in Fribourg verlassen, ohne sich auch nur zu verabschieden? Wo war er jetzt? Ich spielte mit dem Gedanken, mich auf die Suche nach Antoine zu machen, als langsam das Sonnenlicht über den weiten Feldern der Champagne heller wurde. Damals verkehrten die Züge noch nicht so schnell, sodass man tatsächlich durch Troies, Belfort, Mulhouse fuhr. Im Ersten Weltkrieg waren diese Felder die Orte der größten Zerstörung, eines unfassbaren massenhaften Tötens. Hier war der deutsche Angriff ins Stocken geraten, und die Soldaten hatten, zunächst improvisiert und dann immer systematischer, begonnen, Gräben auszuheben. Von all dem war nichts mehr zu sehen, mein Blick flog frei über morgendliche Wiesen und Felder, die bis zum Horizont reichten. Mir als Schweizerin war dieses Europa des Krieges und der Zerstörung immer fremd und fern erschienen, ganz so, als wären die Deutschen von einem Wahn befallen worden, den man als Schweizerin nur mit Entsetzen beobachten konnte. Ich erinnerte mich, dass uns im Geschichtsunterricht eine kollektive Beklemmung durchfuhr, als wir von den Verbrechen hörten, die beinahe überall um uns herum, außerhalb der eidgenössischen Grenzen, »da draußen« begangen worden waren. Zu vielen Ortsnamen fielen mir nur die Schandtaten ein, die dort verübt worden waren, die niedergebrannte Bibliothek von Löwen, die Zerstörung der Kathedrale von Reims, der Luftangriff auf das baskische Guernica, das Massaker von Oradour-sur-Glane, die Ermordung von Zivilisten auf Kefalonia, die Belagerung Leningrads. Viele weitere schreckliche Taten waren damit noch nicht genannt. Der ganze Kontinent war überzogen mit diesen Orten, von West nach Ost, von Nord nach Süd. War es dieses Europa, dieses »Reich«, dem Antoine hatte entfliehen wollen?

Damals, in Lourmarin, so wurde mir klar, war etwas geschehen, nach dem ich mich zurücksehnte. Ich war mir sicher, eine tiefe Verbindung zu spüren, eine Nähe, die sich schwer in Worte fassen ließ. Dass die Idee der Seelenverwandtschaft eine Erfindung der Romantik ist, zeitgebunden, eine bloße Einbildung, hatte man uns im Studium zur Genüge erklärt. Die Phrase *love is a bourgeois construct* war sogar eine Art *running gag* geworden, der immer dann scherzhaft ausgesprochen wurde, wenn sich irgendwelche Romanzen anbahnten. Und doch hatte ich damals in Lourmarin ein Gefühl von Seelenverwandtschaft empfunden, dachte ich, als ich verträumt aus dem Fenster des TGV blickte. War es ein Zufall, dass wir nun durch Stendhal wieder in Verbindung traten?

Mit ihm, Stendhal, hatte es angefangen, damals im Schwimmbad in Fribourg. Immer noch konnte ich die Zeit in Fribourg nicht loslassen. Nach Antoines Verschwinden hatte sich meine Krise verschärft, damals, im Herbst 1985. Ich konnte sein Verhalten nicht begreifen, und es dauerte Wochen, ja Monate, bis der Schmerz langsam nachließ. Mein Studium schloss ich so schnell wie möglich ab, quälte mich durch die letzten Referate und Hausarbeiten, meldete mich zur Prüfung an und überstand auch diese mehr schlecht als recht. Als mein Vater mich am Ende des Sommersemesters mit unserem alten Subaru Forester abholte, hatte ich bereits viele Ordner und Studienaufzeichnungen entsorgt. Nur der Ordner, den ich für Dr. Duvals Seminar angelegt hatte, wanderte in die Umzugskisten mit all den Kopien über das Friaulische und Ladinische.

Während mein Blick über die weiten Felder Lothringens schweifte, erinnerte ich mich an meinen Aufbruch damals in Fribourg. Ich verabschiedete mich von Marlène und Sylvie, doch als wir uns umarmten, spürte ich eine merkwürdige Fremdheit. War unsere Freundschaft eine Lüge? Ich hatte ihnen nie erzählt, was zwischen mir und Antoine geschehen war, und so schien mir die Beteuerung, wir müssten in Kontakt bleiben, irgendwie hohl. Zu Sylvie schlief der Kontakt auch schnell ein; nur mit Marlène blieb ich in Verbindung. Als ich im Wohnheim zum letzten Mal mit dem Aufzug aus dem neunten Stock nach unten fuhr, hatte ich das Gefühl, zu fliehen. Unser

Kombi war recht beladen; das alte Gefährt arbeitete sich angestrengt über die Schweizer Autobahnen nach Osten.

Als ich an das Ende meiner Zeit in Fribourg dachte, fiel mir ein, dass einige Jahre später etwas Seltsames geschehen war. Ich wanderte mit Thomas über den Albulapass von Bergün nach La Punt ins Oberengadin. Das Wetter hatte umgeschlagen, es regnete, und wir wanderten in schnellen Schritten, um endlich ins Tal zu kommen. Am Mittag hatte ich noch in einem Bergsee gebadet, die herrliche Kälte des Wassers an meinen Körper gelassen und war, wie stets nach dem Schwimmen im kristallklaren Eiswasser, belebt ans Ufer gestiegen. Nun aber zogen dichte Nebelschwaden aus dem Tal herauf, der Wind wurde scharf und schlug uns schon bald die Regentropfen links und rechts auf die Wangen wie Ohrfeigen. Wir waren gerade am Hospiz vorbeigekommen, dem höchsten Punkt, da kam uns ein einsamer Wanderer entgegen, der mit entschlossenen Schritten bergauf ging, mitten hinein ins Unwetter. Wie üblich grüßten wir uns mit einem flüchtigen »Gruezi!«, und da erkannte ich Dr. Duval. Doch bevor ich reagieren konnte, waren wir bereits aneinander vorbeigegangen, und ich hatte die Chance verpasst, ihn anzusprechen. Hatte ich mir das nur eingebildet?, fragte ich mich im TGV nach Basel, oder war ich tatsächlich Dr. Duval begegnet? Vielleicht war es ja gar nicht so unwahrscheinlich, dass man sich auf einem Pass weit jenseits der Baumgrenze, zwischen Geröllmassen im kalten Wind begegnete, im Gebirge, *dans les montagnes*, wie Dr. Duval vermutlich gesagt hätte.

Ich sah aus dem Fenster auf vorbeiziehende Gehöfte und Ställe, leere Feldwege und einsam stehende Bäume. Ab und zu sah man einige Pferde verlassen vor einem Bauernhaus stehen, doch niemand arbeitete auf den Feldern. Ich versuchte meine Gedanken zu ordnen. Ich liebte meinen Mann Thomas, und doch sehnte ich mich nach Antoine. Thomas war ich in Chur wiederbegegnet bei einem Apéro mit Freunden, dem für die Schweiz üblichen Einläuten des Feierabends, der in geselliger Runde bei Häppchen und einem Getränk verbracht wird. Ich erinnerte mich sofort an sein aufrichtiges Beileid, das er mir in Tiefencastel vor dem Gasthaus auf Rätoromanisch ausgesprochen hatte. Inzwischen war er tatsächlich Polizist. Wir waren dann irgendwann zusammen ins Kino gegangen und allmählich wurde mehr daraus. Ich konnte mich nicht mehr erinnern, welchen Film wir gesehen hatten, es war nun schon über zehn Jahre her. Inzwischen hatten wir geheiratet und zwei Töchter bekommen, neun und sieben Jahre alt. Es wäre unfair, sich nach Antoine zu sehnen, dachte ich, während wir uns der Grenze näherten, die kurz vor Basel verläuft, wo die Landschaft stark von der Industrie geprägt ist und man fast nur noch namenlose Produktionsstätten und Lagerhallen sieht.

Als wir schließlich in Basel umstiegen, dachte ich an meinen Bruder. Er saß nun irgendwo in dieser großen Stadt in einem Büro und beugte sich über Baupläne. Er hatte Graubünden hinter sich gelassen, ich war dorthin zurückgekehrt. Als ich Thomas heiratete, hatte er mir gratuliert, aber sein Blick passte nicht zu seinen Worten, und als ich in Basel am Gleis stand, dachte ich mit einem Mal, dass mich mein Bruder bemitleidete, weil ich aus dem Bündnerland doch nicht weggekommen war.

Als ich in den Waggon der SBB stieg, die uns nach Chur bringen würde, war ich verwirrt. Würde auch Antoine mich bemitleiden? Die Schülergruppe unterhielt sich laut, und einige aßen Chips und tranken Cola und Fanta aus riesigen Plastikflaschen. Ich wunderte mich darüber, mit welcher Beharrlichkeit 15-Jährige dumme Sachen reden können, über Stunden und Stunden. Nur wenige vertieften sich in ihre Bücher oder hatten sich mit einem MP3-Player oder einem damals bereits veralteten Walkman in eine innere Welt zurückgezogen.

Der Anblick meiner Schülerinnen wurde mir unerträglich, und so stand ich auf und ging ins Zugrestaurant. Irgendwie taten sie mir fast leid, ihre Körper durchflutet von Hormonen, geschubst in eine Pubertät, die sie verwirrte und planlos machte. Im Zugbistro war kein Sitzplatz mehr frei und so trank ich meinen Milchkaffee an einem Stehtisch. Der Kellner war freundlich und der Kaffee schmeckte gut, ein echter *Café au Lait*, dachte ich. Aus Langeweile las ich mich durch die dreisprachige Menükarte und verglich die jeweiligen Sprachvarianten.

Wir fuhren gerade in Basel los, als mir zwei ältere Damen auffielen, die sich in einer Sprache unterhielten, die ich nicht kannte. Sie saßen etwas weiter weg an einem der kleinen Tische. Es schien sich um Mutter und Tochter zu handeln. Die ältere war sicher schon achtzig Jahre alt, die jüngere vielleicht sechzig. Obwohl ich mir die größte Mühe gab, konnte ich die Sprache nicht genau zuordnen, denn mal klang es wie Deutsch, dann wieder ganz fremd. Es war nicht das in Luxemburg gebräuchliche Letzeburgisch, auch kein Plattdeutsch, dachte ich, auf den Zürichsee hinabblickend.

Realistisch betrachtet, hatte ich keinerlei Chance, Antoine zu finden. Sollte ich das Telefonbuch von Genf durchforsten? Oder von Paris? Und wenn ich ihn finden würde, was würde ich ihm schreiben? Vielleicht war er auch inzwischen gestorben, schoss es mir durch den Kopf.

Vielleicht, dachte ich, könnte ich herausfinden, ob Antoine etwas publiziert hatte. Oder suchte ich nur ein Gespenst?

Ich musste zu meiner Klasse zurück, eigentlich eine nette Gruppe, doch eine Schülerin, Carla, provozierte eine unerklärliche Abneigung in mir. Ich konnte mir meinen Ekel nicht erklären, denn objektiv konnte man ihr keine Vorhaltungen machen. Sie war 17 Jahre alt, blond und hübsch. Irgendetwas an ihr ließ mir keine Ruhe. Ihre Hände waren auffallend schlank, ihre Handschrift hatte eine strenge Klarheit. Sie weiß genau, was sie will, dachte ich. Während ich durch den Zug ging, sich die Türen zwischen den einzelnen Waggons vor mir öffneten und schlossen, überlegte ich, was genau meinen Groll gegen dieses Mädchen hervorrief. Sie fiel nicht negativ auf, machte ihre Aufgaben brav, fast zu brav. Und doch hatte ich das Gefühl, dass sie abgrundtief böse und falsch war. Ich verabscheute die Art, in der sie ihren Füller hielt, ihre Gewohnheit, die Haare mit der linken Hand hinter das Ohr zu klemmen. Man soll seine Schüler mögen, so war uns gesagt worden, aber man kann sich seine Gefühle nicht aussuchen.

Als wir in Chur ausstiegen, sah ich die beiden älteren Damen wieder, die ebenfalls aus dem Zug kletterten. Ich verabschiedete mich schnell von meinen Schülern und versuchte sie einzuholen.

»Entschuldigen Sie!«, sagte ich, und sie blickten mich erstaunt an. »Ich möchte nicht unhöflich sein, aber ich würde so gerne wissen, welche Sprache Sie gesprochen haben. Wissen Sie, ich interessiere mich sehr für Sprachen …«

Die Jüngere sah mich an, zögerte und sagte dann: »Siebenbürger Sächsisch. Wir sind aus Siebenbürgen.« Sie drehten sich um und gingen schnell davon.

»Danke«, sagte ich, doch sie hörten es wohl nicht mehr.

Auf dem Parkplatz vor dem Bahnhof wartete Thomas auf mich, der treu und zuverlässig wie eh und je in einer riesigen Daunenjacke neben dem Wagen stand. Ein kurzer Kuss zur Begrüßung und schon saßen wir nebeneinander im Auto und fuhren nach Hause, vorbei an einer sich damals immer stärker ausbreitenden Ansammlung von Fast-Food-Ketten, deren große Reklameschilder sich vor dem Hintergrund der erhabenen Felswände, die direkt am Stadtrand Churs beginnen, deplatziert ausnahmen. Sie erinnerten an Fotos aus Kalifornien, auf denen nicht endende Straßen an beiden Seiten von derartigen Werbeschildern gesäumt sind, sodass man sein Auto wie durch einen Tunnel lenken muss.

Siebenbürgisch, dachte ich. Auch so eine kleine europäische Sprache. Ich erinnere mich noch, dass mir damals der Gedanke kam, dass womöglich alle kleinen Sprachgemeinschaften in Europa wie durch ein unsichtbares Band verbunden sind, wir Bündner, die Ladiner, die Friaulen, die wenigen, die noch Gälisch sprachen, in Wales oder Irland, und dann die aussterbenden Siebenbürger Sachsen. Das Sorbische fiel mir noch ein. Doch mit allen, so dachte ich, ging es bergab, auch wenn man in Graubünden alles tat, um für den Erhalt der Sprache zu kämpfen. Würden unsere beiden Töchter noch fließend Rumantsch sprechen, wenn sie erwachsen sind?

»Wir sollten mehr Rumantsch mit den Kindern sprechen«, sagte ich.

»Per amur da mai!«, antwortete Thomas und lächelte. Das klang viel schöner als *meinetwegen*, dachte ich.

Und mit einem Mal fühlte ich mich schuldig, dass ich Thomas nicht von Antoine erzählen wollte, nicht von jenem Buch, das nun in meinem Koffer verstaut war, nicht von meiner Sehnsucht nach Lourmarin. Ich konnte ihm nicht erklären, was ich fühlte, und schon allein aus diesem Grund beschloss ich, als wir ausstiegen und er meinen Koffer aus dem Auto hob, ihm nicht zu erzählen, dass ich in Paris gewissermaßen einer vergangenen Liebe begegnet war.

Als wir auf unser Haus zugingen, kam mir der Gedanke, dass ich nach Grenoble ins *Musée Stendhal* fahren sollte. »Une autre fois«, ein anderes Mal, hatte Antoine damals gesagt, und plötzlich hatte ich den Eindruck, dass mir dieses Museum alles erklären, dass ich dort eine Sache abschließen könnte, die noch nicht zu Ende war. Thomas stellte meinen Rollkoffer in den Flur, da kamen unsere beiden Töchter die Treppe hinunter. Sie hatten bereits Schlafanzüge an und begrüßten mich mit lauten Begeisterungsrufen. Ich drückte ihre warmen Kinderkörper an mich und schämte mich für jeden Gedanken an Antoine. Als ich ihnen die Mitbringsel aus dem Koffer holte, purzelte die Stendhalausgabe heraus. Für eine Sekunde fühlte ich mich ertappt, als wäre der Brief eines Liebhabers aus meinem Koffer gefallen, doch Thomas hob das Buch auf und legte es beiläufig auf die Kommode im Flur.

Erst als ich zu Bett ging, nahm ich das Exemplar und stellte es neben mein eigenes in das Regal in meinem Arbeitszimmer. Nun standen sie nebeneinander, Rücken neben Rücken, beinahe aneinandergeschmiegt wie Antoine und ich, damals auf der Wiese bei Lourmarin. Ich nahm nun mein eigenes Exemplar in die Hand und schlug es auf. Ich hatte damals viel unterstrichen, stellte ich fest, hatte fleißig studiert, mir wirklich Mühe gegeben. Ich wollte die französische Kultur, die Sprache, die Art, zu denken und zu fühlen, wirklich verstehen, als ich mich in Fribourg ins Studium stürzte. Noch immer lag der Artikel aus der

NZZ darin, der von einem neu entdeckten Brief Stendhals berichtete. Nie hatte ich erfahren, was es damit auf sich hatte, nie hatte ich erfahren, wer sich hinter »E.H.« verbarg. Ich stellte das Buch zurück und ging zu Thomas, der bereits schlief.

Als ich neben ihm lag, tauchten die Häuser von Paris wieder vor meinem inneren Auge auf, der helle, blaue Himmel über ihren Dächern, und ich fragte mich, ob dieses vom Zufall in mein Leben getragene Buch, das mich nun wieder so oft an Antoine denken ließ, ein vergiftetes Geschenk sein könnte. Hatte ich eine Art Pestratte auf unser Familienschiff geholt, die nun den Erreger von Reue und Sehnsucht verbreitete? Ich versuchte mir klar zu machen, dass diese Sache nichts zu bedeuten hatte, dass es einfach nur ein komischer Zufall und nichts weiter war. Erst weit nach Mitternacht schlief ich endlich ein.

Ich sehe noch klar vor Augen, wie ich mit meinem Mann am nächsten Morgen vor dem großen Terrassenfenster bei den letzten Bissen des Frühstücks saß, während unsere Töchter auf der Wiese spielten, auf der Raureif lag. In dicken Schneeanzügen rannten sie umher und spielten »Pferd«, während wir beide diesen Sonntagmorgen ganz langsam beginnen lassen wollten. Ganz nebenbei erwähnte Thomas, dass diese Woche bei der Arbeit etwas sehr Außergewöhnliches passiert sei, man habe nämlich in Chur einen Spion enttarnt, der Mitte der 80er-Jahre für die DDR aktiv gewesen sei.

»In Chur? Was sollen denn Spione über Chur berichtet haben?«, fragte ich ungläubig.

»Er war damals in Berlin«, antwortete mein Mann. »Westberlin. Ein Schweizer.«

Ich war elektrisiert und dachte sofort an Durs.

»Heißt dieser ehemalige Spion Urs mit Vornamen?«, fragte ich geradeheraus.

Thomas sah mich erstaunt an. »Das weiß ich nicht. Warum fragst du?«

Endlich erzählte ich ihm alles über Durs, über die rätselhaften Aufzeichnungen, den mysteriösen Tod bei Bregenz. Als ich fertig war, sah er mich kopfschüttelnd an.

»Das ist ja alles völlig unglaublich«, sagte er.

»Denkst du, das hängt zusammen?«

Er schwieg.

Wir spielten ein mögliches Szenario durch. Ein Spion, der in Berlin für die DDR tätig ist, versucht Mitte der 80er-Jahre Mitarbeiter der Schweizer Vertretung anzuwerben. Er versucht es am unteren Ende der Hierarchieleiter, bei Durs Steiner, dem Verwaltungsbeamten, Fahrer und Hausmeister. Ihm versucht er einzureden, er werde missachtet, das Leben biete mehr. Ist der ganze Westen, der Kapitalismus, nicht eine riesige Mordmaschine, beginnend mit der Unterwerfung der Indianer? Sollte man sich diesem Kolonialismus nicht entgegenstellen? Doch Durs liest die Bücher über den Kolonialismus in Nordamerika viel gründlicher, als man erwartet hätte. Er versteigt sich in abstruse Gedanken, beginnt, Originalausgaben von Reiseberichten zu sammeln, exzerpiert Forschungsliteratur. Er stellt fest, dass die Irokesen ebenfalls ein Imperium gründeten, dass die fünf Nationen die Nachbarstämme mit Kriegszügen terrorisierten, ja die Huronen im Norden sogar vollständig ausrotteten. Nicht jeder Terror kommt aus Europa, denkt Durs, und als Urs merkt, dass der Anwerbeversuch nach hinten losgeht, dass Durs verrückt wird und am Ende womöglich alles auffliegt, kommt man bei der Stasi zu dem Ergebnis, dass es besser sei, wenn Durs einen Unfall habe. Man überlegt. Dann entwickelt man einen Plan. Unter einem Vorwand fahren die beiden nach Bregenz, gehen wandern. Durs ist zu diesem Zeitpunkt bereits geistig zerrüttet, leicht verwahrlost. Es ist für Urs ein Leichtes, ihn an einen Abgrund zu locken. Hier reicht ein beherzter Stoß.

Doch leider vergisst Urs, dass in Durs' Jackett noch das Ticket für zwei Personen steckt. Zu spät. Als Urs zwei Tage später, längst wieder in Berlin, auf die Idee kommt, dass das problematisch werden könnte, kann man es nicht mehr ändern. Also kommt die Stasi auf eine andere Idee: Sie verschafft sich nachts Zutritt zu Durs' Keller. Man hebt ein Loch aus, um das Bild vom wahnsinnigen Indianer zu verstärken. Es soll der Eindruck entstehen, dass hier jemand völlig die Kontrolle verloren hat. Nach 70 cm denkt man, dass das reichen sollte. Es hat zu zweit nur eine Stunde gedauert, von drei bis vier Uhr früh. Man legt Spitzhacke und Schaufel einfach auf den Boden. Bevor die anderen Bewohner des Hauses aufwachen, ist man weg, das Vorhängeschloss professionell mit einem Dietrich wieder verschlossen.

»So könnte es gewesen sein«, sagte Thomas. Ich sah hinaus auf die schneebedeckten Berge. »Dann wäre es Mord gewesen«, antwortete ich.

»Aber dann müsste man in den Aufzeichnungen doch irgendetwas finden, was uns nähere Angaben über Urs liefern dürfte«, sagte Thomas. Wir beschlossen, Durs' Aufzeichnungen an uns zu nehmen, sie systematisch zu sichten und alle Hinweise zusammenzuführen.

»Durs und Urs«, sagte ich. »Das ist doch komisch. Vielleicht hat er diesen Urs nur erfunden.«

Thomas sah mich nachdenklich an. Vor dem Fenster galoppierten und wieherten unsere Töchter durch eine imaginierte Prärie.

»Aber warum hat er dann einen Fahrschein für zwei Personen gelöst? Wer war mit ihm im Zug?«

Ich überlegte. Vielleicht hatte er ein Ticket für eine Fantasieperson gekauft. Oder er war mit einer ganz anderen Person unterwegs.

Albert und Antoine, dachte ich. Das hatte er damals in Lourmarin gesagt. Vielleicht hat jeder Mensch einen Spiegelmenschen. Vielleicht war Urs einfach der Mensch, der Durs gerne gewesen wäre.

Der Tag verging wie im Halbschlaf, denn nach den wenigen Tagen in Paris fühlte ich mich erschöpft. In unserem Reihenhaus gab es einiges zu räumen, und am Ende hatte ich das Gefühl, meine Zeit *vertan* zu haben, wie man sagt. Als unsere Töchter schliefen, setzte ich mich neben Thomas auf unser Sofa, wo er vor dem großen Fernseher Platz genommen hatte. Damals, Mitte der 90er-Jahre, so erinnere ich mich heute, glichen die Röhrengeräte regelrechten Strahlenkanonen, die über zahllose Bildpunkte ein flackerndes, kaltes Licht in die Wohnzimmer sendeten, das, wenn man die Geräte einschaltete, erst nach einigen Sekunden in voller Stärke strahlte, ganz so, als müsste sich die Leuchtkraft erst langsam aufbauen. Das Schweizer Fernsehen war gerade im Begriff, zu einem deutschen Tatort überzuleiten, da wandte ich mich Thomas zu, nicht zuletzt, um den Blick vom unangenehmen Licht unseres großen Telefunkenkastens abzuwenden. Er blickte leer auf den Bildschirm, als würde er über etwas nachdenken.

Ich suchte nach Worten, da sagte er: »Wenn wir die Aufzeichnungen deines Onkels holen wollen, dann am besten sofort. Wir brauchen 40 Minuten hoch und 40 Minuten wieder runter. Elisa und Leni schlafen; vor Mitternacht sind wir zurück.«

Ich war erstaunt. Offenbar war auch ihm den ganzen Tag mein Onkel durch den Kopf gegangen.

»Okay«, sagte ich. Thomas schaltete den Fernseher aus. Das grelle Licht zog sich langsam zu einem Punkt zusammen und erlosch. Wir standen auf, zogen Schuhe und Jacken an, löschten das Licht und gingen zum Auto. Es war kalt, und über uns lag eine dichte Wolkenschicht, doch es schneite nicht. Ich sah kurz in den Himmel, als wir in unseren Skoda Kombi mit Vierradantrieb stiegen. Der Dieselmotor quälte sich etwas, bis er warm wurde. Kaum bogen wir nach Tiefencastel von der Hauptstraße ab, wurde die überfrierende Nässe unberechenbar. Im Licht der Autoscheinwerfer sah man nun erste Flocken fallen. Schon wurden die Spitzkehren der engen Straße schwierig, und allein der Vierradantrieb bewahrte uns vor Kalamitäten. Schließlich kamen wir, beinahe im Schritttempo die steile Straße hinaufschleichend, am Haus meiner Eltern an, dem alten Hotel, das am oberen Ende des Dorfes stand. Das Haus lag verschlossen vor uns im Schneefall. Wir klopften uns im Windfang den Schnee von den Schuhen, dann öffneten wir die Tür, schalteten zunächst die Hauptsicherung und dann das Licht an. Es roch muffig, als wir die Tür in die Wohnküche öffneten. Seit einem Jahr war hier niemand mehr gewesen. Allmählich schienen die Glühbirnen aus einem Winterschlaf zu erwachen, bis sie schließlich heller leuchteten und den Blick auf einen mir wohlbekannten und dennoch fremden Raum freigaben.

»Schau mal hier«, sagte Thomas und deutete mit dem Finger auf eine Kaffeetasse, die auf dem Tisch stand. Auf dem Boden der Tasse sah man einen noch nicht vollständig eingetrockneten Rest.

»Merkwürdig.«

»Das steht da nicht seit einem Jahr. Erst vor kurzem war jemand hier.«

Ich schwieg.

Meine Eltern konnten nicht alleine hier hochgefahren sein, mein Bruder war in Basel. Vielleicht hatte noch jemand im Dorf einen Schlüssel. Ich sah mich um, konnte aber keine anderen Spuren erkennen, die auf einen Bewohner schließen ließen. Das Cheminée starrte mich an wie das Maul eines Fisches, schwarz und leer. Das Haus war kalt. Alles wirkte wie immer, nur die Tasse fiel auf.

»Seltsam«, sagte Thomas. »Welcher Einbrecher lässt denn eine Kaffeetasse stehen?«

»Lass uns besser schnell nach den Sachen sehen, bevor jemand zurückkommt.«

Wir stiegen die Treppe hinauf und sahen uns die Tür zur Kammer an.

»Kein sehr schwieriges Schloss«, sagte Thomas und holte einen Satz Dietriche heraus.

»Dürfen wir das überhaupt oder begehen wir gerade einen Einbruch?«, fragte ich, während er den passenden Metallstift ins Schloss schob.

»Du wohnst ja quasi hier. Deine Eltern haben dir einen Schlüssel zum Haus gegeben. Du bist zugangsberechtigt. Gehen wir also einfach davon aus, dass deine Eltern lediglich vergessen haben, dir den Schlüssel zur Kammer zu geben.«

Thomas fingerte mit dem Dietrich am Schloss herum. Ich wurde ungeduldig. »Das funktioniert irgendwie nicht«, sagte er schließlich.

»Merda!«, antwortete ich. Wir standen ratlos vor der Tür. »Was machen wir jetzt?«, fragte er.

Plötzlich durchschoss mich eine unbändige Wut. Ich trat mit voller Wucht gegen die Tür. Nach zwei kräftigen Tritten war das Schloss völlig aus der dünnen Holztür herausgebrochen. Thomas sah mich erschrocken an. Knarrend öffnete sich die Tür zu einem engen Raum, der an beiden Seiten mit Umzugskartons vollgestellt war.

»Und jetzt? Wir können das nicht alles durchsehen«, sagte Thomas.

»Die Bücher sollten nicht so wichtig sein. Wir konzentrieren uns auf die Notizen«, antwortete ich.

Wir räumten einen Karton leer und legten dann alles hinein, was an Zetteln und Notizbüchern in den anderen Kartons zu finden war. Teilweise waren es lose Blätter, teilweise auch Notizhefte und Ringbücher. Übrig blieben Bücher, teilweise billige Kriminalromane, daneben Sachbücher über verschiedene Themen. Als wir das Gefühl hatten, alles Wichtige beisammen zu haben, trug Thomas den Karton die Treppe hinunter. Ich zog die Tür der Kammer zu und überlegte kurz. Sollten wir die Kammer wieder abschließen? Es macht keinen Unterschied, dachte ich und folgte Thomas.

Im Vorraum zogen wir die Schuhe an. Dann löschten wir das Licht, schlossen ab und rutschten durch den Schnee zum Auto. Ich öffnete die Heckklappe, Thomas wuchtete den Karton hinein und wir befreiten die Frontscheibe vom Schnee. Es schneite nun sehr heftig und wir standen fast bis zu den Knien im Neuschnee. Als wir uns ins Auto setzten, schlugen wir den Schnee von den Schuhen und zogen mit Kraft die Autotüren zu. Die Frontscheibe war sofort beschlagen, als wir uns in unseren dicken Jacken mühsam anschnallten. Thomas drehte den Schlüssel um, doch der Dieselmotor röchelte nur. Er fluchte auf Rumantsch und gab vorsichtig Gas. Endlich sprang der Motor an, und Thomas gab Vollgas im Leerlauf, um den Motor schnell warm werden zu lassen.

Langsam setzten wir zurück, die Reifen kämpften sich durch den Schnee. Im Schritttempo fuhren wir die Straße hinunter.

»Wenn wir jetzt abrutschen, sind Leni und Elisa Vollwaisen. Was machen wir hier bloß für einen Quatsch!«, sagte Thomas, mehr zu sich als zu mir.

Ich wusste nicht, was ich erwidern sollte, er hatte vollkommen recht. Ich hoffte, dass unsere Töchter fest schliefen und uns nicht vergeblich zu Hause suchten. Endlich hatten wir das Tal erreicht. In Tiefencastel waren wir außer Gefahr.

Doch erst bei Thusis wurde die Straße freier und wir konnten auf 60 km/h beschleunigen. Die Sicht war noch immer katastrophal, man sah bei Schneefall in der Nacht keine 50 Meter weit, sodass wir uns an den Rücklichtern eines gelben Postbusses orientierten, dem wir folgten. Während wir so schweigend nebeneinandersaßen, ging mir der Anblick der Kaffeetasse nicht aus dem Kopf, die wir auf dem Tisch des Esszimmers gesehen hatten. Und als wir auf die Rücklichter des Busses blickten, die vor uns im Schneegestöber zu verschwinden drohten, musste ich mit einem Mal an unsere Hochzeitsreise nach Venedig denken. Auch dort hatten Thomas und ich viel geschwiegen und wie jetzt im Auto war dieses Schweigen nicht unangenehm, sondern schön. Für Thomas war Venedig ein auch im Wortsinn naheliegender Ort für eine solche Reise gewesen, und als wir nach der Fahrt über die langgestreckte Brücke in die Lagunenstadt rollten und schließlich auf den Bahnhofsplatz hinaustraten, waren wir beide tatsächlich vom Anblick dieses Ortes verzaubert. Im Oktober, so unser Plan, wollten wir den schlimmsten Touristenmassen entgehen, doch diese Hoffnung erfüllte sich nur zum Teil. Venedig war beides zugleich, erhaben und lächerlich, traumhaft und albtraumhaft, ein europäisches Kulturdenkmal ersten Ranges und ein schlechter Witz der Tourismusindustrie. Als die Nachrichten von den großen Demonstrationen in Leipzig auch in Venedig ankamen und wir abends im Hotel ungläubig staunend auf die Berichte aus Berlin blickten, musste ich an meinen kurzen Aufenthalt in dieser Stadt denken. Durs' Spuren in Berlin geisterten in den folgenden Tagen weiter in meinem Kopf herum. Im Dogenpalast mussten wir lange warten, bis wir schließlich durch den großen Saal und die Gerichtskammern gehen konnten, von wo dann, über die Seufzerbrücke, der Weg in die Verliese führte, die in unmittelbarer Nähe der Sitzungsräume zu finden waren. Der Blick in diese grauenhaften engen und dunklen Kammern, in denen über die Jahrhunderte wohl unzählige Menschen dahingesiecht waren, in einem fast lichtleeren, überfüllten und kalten Steingefängnis voller Ratten und Exkremente, ließ den Glanz der Stadt wie eine Maske erscheinen, hinter der sich eine furchtbare Fratze verbarg. Wie, so dachte ich, verhält sich das Grauen dieser Kammern zu den gläsernen Kunstwerken, die die Glasbläser im Nordosten der Stadt, in Murano, anfertigen, damit sie in alle Welt verkauft werden? Es war, als wären wir erst hier, im Verlies des Dogenpalasts, in der alles entscheidenden Kammer angekommen. Jetzt, als ich neben Thomas im Auto saß, dachte ich an dieses Gefühl zurück, denn die Wiederbegegnung mit Durs' Notizen rief mir mit einem Mal den rätselhaften Satz in Erinnerung, den ich vor so vielen Jahren in seiner Handschrift entziffert hatte, in dem vom Wesen des Imperiums die Rede war. Dass Venedig als einziger Ort die Wirren der Spätantike ohne größere Umbrüche überstanden hatte, dass dort, im Schutz der Lagune, die antiken Kenntnisse über den Galeerenbau bis ins Mittelalter, ja bis in die Neuzeit gerettet wurden, schien mir mit einem Mal in Dr. Duvals Bild vom immer noch untergehenden Reich zu passen. Doch heute, dachte ich im Auto, sind es in Venedig nicht mehr die Galeerensklaven, die für das Reich schuften, sondern die Menschen, die als Gondolieri verkleidet ein Spektakel für die Touristen aufführen. Ja, auch die Touristen selbst waren eingespannt in eine gigantische, den Globus umspannende Maschinerie, in der sie arbeiteten, nicht durch die Produktion von Tourismus, sondern durch dessen Konsum. Oder waren dies nur stereotype Gedanken, irgendwo angelesen, bloße Klischees über Venedig als Klischee? Auch die Kathedrale Notre-Dame war mir vor wenigen Tagen wie ein geschändeter Ort erschienen, niedergetrampelt von Millionen Touristen, die die Filmkulissen von Hollywood-Blockbustern zu besichtigen glaubten. Aber ich selbst war ja auch als Touristin dort gewesen. Hatte Durs versucht, aus diesem Imperium zu fliehen, hatte er, wie Antoine, eine Art Lourmarin gesucht? Erst vor kurzem war ich durch Zufall auf einen Bericht gestoßen, der die Umstände der Umsiedlung Camus' nach Lourmarin skizzierte. Offenbar hatte Camus vor, dort tatsächlich heimisch zu werden, spielte im Dorfverein Fußball, stiftete Trikots für die Mannschaft, gestaltete sein bescheidenes Haus an der Grand'rue de l'Église mit großer Sorgfalt und vergab allerlei Aufträge an die örtlichen Handwerker. Hatte er damit nicht auch eine Kulisse gebaut, eine Art Staffage, so wie auch Venedig heute zur bloßen Staffage geworden war? Die stolze Republik war untergegangen, und der Markuslöwe mit seinen Flügeln ist nicht mehr der Patron einer rätselhaften und irgendwie rebellischen Zauberstadt voller Musik und Kunst, sondern nur noch das Markenzeichen einer Industrie. Wie musste es sich anfühlen, als Venezianer in

Venedig zu leben, dort kein Tourist, sondern ein Bewohner zu sein, selbst eine Art Ausstellungsstück wie in einem Reservat?, dachte ich, immer noch auf die Rücklichter des Postbusses vor uns starrend.

Endlich erreichten wir die Ausfahrt, die uns in den Vorort von Chur führen würde, angekündigt durch ein riesiges, leuchtendes Schild von *Burger King*. Als wir abbogen, verschwanden schließlich die roten Lichter des Postbusses vor uns in der Dunkelheit der nächtlichen Autobahn.

Thomas ließ den Wagen langsamer werden, als wir dem langen Halbkreis der Abfahrt folgten. Vor einer Ampel mussten wir halten.

»Es tut mir leid«, sagte ich schließlich. »Ich hätte dir diese verrückte Geschichte von meinem Onkel früher erzählen sollen.«

Er drehte sich zu mir und sagte: »Ich kann gut verstehen, dass Du das alles vergessen wolltest.«

Auch von Antoine habe ich dir nie etwas erzählt, dachte ich. Die Ampel schaltete auf grün.

»Morgen versuche ich mehr über den Tod deines Onkels zu erfahren«, sagte Thomas. »Vielleicht komme ich irgendwie an die Ermittlungsakte.«

»Danke«, antwortete ich, doch ich hatte das unbestimmte Gefühl, dass Thomas nichts Weiterführendes erfahren würde. Ich dachte wieder an die Tasse, die im Haus meiner Eltern gestanden hatte. Ihr Bild ging mir nicht aus dem Kopf. Durs' Tod war nicht so einfach zu erklären, dachte ich, sein Tod hatte mit Lourmarin zu tun, mit Venedig, mit Rom.

Selbst als wir unsere Kinder friedlich schlafend vorgefunden hatten und endlich selbst im Bett lagen, ließ mich der Gedanke nicht los, dass im Haus meiner Eltern etwas nicht stimmte. Nicht nur die rätselhafte Tasse war verstörend, etwas Grundlegendes war mir merkwürdig vorgekommen. Hatte sich noch etwas anderes verändert, das ich nur unbewusst wahrgenommen hatte? War ein Möbelstück verschoben? Ich konnte keine Antwort finden und fiel erst in den Morgenstunden in einen kurzen und unruhigen Schlaf.

Am nächsten Tag musste ich in der letzten Stunde des Schultages *Madame Bovary* in meiner Klasse unterrichten. Wir waren viel langsamer vorangekommen als erhofft. Die Exkursion nach Paris war dafür nur ein Grund unter vielen; wichtiger als die Ablenkungen war der Umstand, dass meine Schülerinnen und Schüler sich nicht recht für den Text erwärmen konnten. An diesem Montagmorgen, so erinnere ich mich, lag die Woche wie ein Berg vor mir, als ich im Klassenzimmer stand und meinen Kurs zurück in den Text führte.

Wir lasen gerade eine Stelle, in der eine unschwer als erotisch erkennbare Kutschenfahrt zur Sprache kam, als ich auf Carlas Lippen ein kurzes Lächeln entdeckte, das ihren Blick in meine Richtung begleitete. Was wollte sie mir damit sagen? Übelkeit schoss in mir hoch, ich hatte das Gefühl, rot zu werden, und da musste ich an Durs und die Irokesen denken. Die *Haudenosaunee* hatten es nicht nötig, ihren Groll zu zügeln, ja sie feierten ihren Entschluss zur Gewalt, sie prahlten mit den Skalpen ihrer Feinde. Da fiel mir ein, was ich gestern beim Einräumen der Kiste im Haus meiner Eltern gesehen hatte, die Zeichnung einer Kugelkopfkeule. Während Flauberts glasklare, wie in italienischen Marmor gemeißelte Sätze durch den Raum hallten, stellte ich mir vor, wie die Irokesen über 30 Meter einen Gegner tödlich am Kopf zu treffen vermochten. Mein Herz hämmerte, als ich sah, dass Carla wieder ihre blonden, schulterlangen Haare aus dem Gesicht zog. Da stellte die Schülerin neben Carla eine Frage, und ich hatte regelrecht Mühe, meinen Blick nicht immer wieder auf Carla abzuwenden. Es ging um die Bedeutungsveränderung, die im Französischen durch die Umstellung des Adjektivs entsteht, je nachdem, ob es vor oder nach dem Hauptwort steht, *le pauvre homme*, der bemitleidenswerte, arme Mann, *l'homme pauvre*, der finanziell arme Mann, so lautete mein Standardbeispiel. Ich klappte den Außenflügel der Tafel auf, weil ich auf der Innenseite bereits alles mit den Worten Flauberts vollgeschrieben hatte, da blickte ich auf die Notizen meines Kollegen:

Vendée 1793–1796
Louis Joseph Guérin
Jean Baptiste Guérin

Darunter hatte er ein Herz gemalt, aus dem ein Kreuz wuchs. *Dieu & Roi* stand darunter.

Ich überspielte meine Überraschung, griff nach dem Schwamm und entfernte den Tafelaufschrieb. Während ich mit dem Unterricht fortfuhr, versuchte ich mich zu beruhigen, denn ich erinnerte mich dunkel, etwas über den Aufstand in der Vendée gehört zu haben, irgendwann im Studium, vor vielen Jahren. Die königstreuen Rebellen an der französischen Atlantikküste waren von der Republik gnadenlos niedergemacht worden, hatten sich jedoch in einer Art Partisanenkampf über Jahre zur Wehr gesetzt und die Truppen der Revolution immer wieder aus dem Hinterhalt angegriffen. Schließlich, so erinnerte ich mich, hatte die neue Republik eine Art Strafexpedition beschlossen, die Bevölkerung mit Mord und Totschlag überzogen, ja mit erbarmungsloser Härte ganze Landstriche verwüstet, wo man alle Höfe und Felder niederbrannte, um so die Sehnsucht nach Gott und König auszurotten. Meine Hand zitterte, als ich meine Beispiele an die Tafel schrieb – *le pauvre homme, l'homme pauvre, un coeur simple, une idée ancienne* – dorthin, wo gerade noch der Name Guérin gestanden hatte.

Als endlich der Pausengong ertönte, sank ich auf den Stuhl. Konnte das Zufall sein? Gab es einen Dämon, der mich mit Antoine Guérin quälte? Ich ging ins Lehrerzimmer, einen großen, funktionalen Raum, wo jede Lehrkraft einen eigenen Tisch hatte, noch immer verstört durch das Auftauchen des Namens Guérin. Mir wurde übel und für einen kurzen Moment hatte ich das Gefühl, mich gleich übergeben zu müssen. Noch immer glühten meine Wangen. Ich öffnete das Fenster und atmete tief durch.

Ich wollte den Geschichtslehrer ansprechen, ihn nach der Rolle der beiden Guérins fragen, doch der Kollege kam nicht, und so packte ich schließlich meine Sachen und ging hinaus auf den Parkplatz. Ich suchte gerade den Autoschlüssel in meiner Tasche, als er plötzlich neben mir stand. Erst jetzt merkte ich, dass unsere Autos nebeneinander geparkt waren. Beat, ein alter, etwas kauziger Mann, dessen Haus, so wurde gesagt, einer Bücherhöhle glich, würde bald in Rente gehen. Ich fragte ihn nach seinem Tafelaufschrieb, nach den Guérins, und er erklärte mir gelassen, in einem geradezu witzelnden Tonfall, dass allgemein bekannt sei, welche Rolle Louis Joseph Guérin als Anführer der Aufständischen bis zu seinem Tod auf dem Schlachtfeld 1795 in dieser für Frankreich so wichtigen Episode gespielt hatte. Jean Baptiste Guérin hingegen sei ein bedeutender Maler des Klassizismus gewesen, der die Aufständischen aus der Vendée in zahlreichen Bildern mythisiert habe, meist mit der weißen, wehenden Flagge, auf die das Herz mit dem Kreuz gemalt war. Erst heute, so erzählte er mir, betrachte man den *Guerre de*

Vendée als Schlüsselepisode der Revolution, ja der europäischen Geschichte insgesamt, als Ankündigung und Vordeutung späterer Grausamkeiten. Schlimmer noch als in Lyon, wo die Armee der Republik die Anhänger des Königs massenhaft erschießen ließ, sei über mehrere Jahre im Westen Frankreichs durch einen Bürgerkrieg die Gewalt entfesselt worden. Dort habe die Revolutionsarmee zunächst nachts, später auch am helllichten Tage, die Menschen massenhaft in der Loire ertränkt, wenn sie nicht vorher schon in improvisierten und völlig überfüllten Massengefängnissen an Hunger, Erschöpfung oder Typhus gestorben waren. Auch heute noch glaube ich mich an beinahe jedes Wort zu erinnern, mit dem mir Beat die Dinge auseinanderlegte. In sechs parallel operierenden Trupps, den sogenannten *colonnes infernales*, habe die Revolutionsregierung das gesamte Land systematisch verwüstet und de facto regelrecht unbewohnbar gemacht. Beat lächelte unter seinem ergrauten Schnurrbart, geradezu amüsiert über meine Unkenntnis, und warf seine alte Aktentasche auf die Rückbank seines Autos. Ich sah, dass sein Auto einem fahrenden Müllhaufen glich. Rückbank und Beifahrersitz waren übersät mit Büchern und Papieren, Altglas und Kartonagen. Wir verabschiedeten uns, und ich sackte hinter das Steuer auf den Autositz, erschöpft und müde. War Antoines Familie ursprünglich aus der Vendée?, fragte ich mich, als ich den Motor anließ und vom Parkplatz des Schulzentrums fuhr, war sie in den Wirren der Revolution geflohen, nach Genf, wo sie heute zu den »guten Familien« gehörte? *Dieu & Roi* hatte die Losung der Aufständischen gelautet, eine komische Sehnsucht, dachte ich, während ich mit meinen kalten Händen den Wagen lenkte.

Am Nachmittag besuchte ich meine Eltern in der Seniorenresidenz, wo wir zu dritt auf dem kleinen Balkon ihrer Wohnung saßen, einem Wintergarten, der mit großen Scheiben von der kalten Welt getrennt war, auf die wir, in Korbstühlen sitzend, hinausblickten. Obwohl es zu den besseren Häuser seiner Art zählte, hat, so scheint es mir, ein solcher Ort immer etwas Niederdrückendes. Sie fragten nach den Mädchen, nach der Reise nach Paris, und meine Berichte fielen kurz und sachlich aus.

Da fragte mein Vater: »Wollte Mathis nicht nach Chur kommen?«

Davon hatte ich nichts gehört. Und als ich nachfragte, war ich mir unsicher, ob mein Vater meinen Bruder vielleicht falsch verstanden hatte.

Immer wieder war ich kurz davor, sie nach Durs zu fragen, sie zu fragen, warum sie die Kammer mit seinem Nachlass verriegelt hatten, sie gewissermaßen zur Rede zu stellen, doch ich konnte mich nicht überwinden. Als ich aus der gläsernen Schiebetür der Seniorenresidenz trat, atmete ich tief durch und suchte mit den Augen den Anblick der Gipfel. Doch über Chur hing noch immer eine dicke Wolkendecke, aus der ein unangenehmer Schneeregen fiel. *Aura da portg*, diese Redewendung für ein *grausiges Sauwetter* kam mir in den Sinn, als ich das Auto auf dem Parkplatz aufschloss.

Dann holte ich unsere Töchter in der Volksschule ab und fuhr nach Hause. Während die Mädchen in ihrem Zimmer spielten, öffnete ich die Umzugskiste mit Durs' Sachen. Thomas und ich hatten sie in mein Arbeitszimmer im ersten Stock gestellt. Ich breitete alles auf dem Boden aus und sortierte das Material nach Themen und Zusammenhängen. Bald hatte ich sieben Stapel vor mir, die aus zumindest grob zusammenhängenden Konvoluten zu bestehen schienen. Dann fiel mir wieder Champlains Buch ein. Ich nahm es aus dem Regal und legte es neben die sieben Stapel. Könnte Champlains Reisebericht vielleicht eine Art Dietrich darstellen, einen Trick, der das Rätsel löste, ein Gravitationszentrum, nach dem sich alles ausrichten und sortieren ließ?

Mir fiel ein, dass Durs den Schlüssel zum Schließfach in meiner Tonfigur versteckt hatte, dem Schellen-Ursli. Vielleicht war dieser Schellen-Ursli der Urs, von dem er schrieb. Hatte er Gespräche mit meiner Tonfigur geführt? Oder waren das alles nur abwegige Querbezüge, die ich ausschließlich meiner Fantasie verdankte? Ich ging gerade in die Hocke und griff nach dem ersten Stapel, als es an der Tür klingelte.

In montibus desperationis, so begann ein Text, den wir im ersten Semester in unserem Kurs zur Einführung ins Mittellateinische zu übersetzen hatten. *Auf den Gipfeln der Verzweiflung*, *in den Bergen des Wahnsinns*, *auf den Höhen der Hoffnungslosigkeit*, lauteten unsere ungeschickten Versuche damals, und ich erinnere mich noch, dass mir im Seminar in Fribourg nicht nur unsere dilettantischen Übersetzungen lächerlich erschienen, sondern auch der Umstand, dass Texte lediglich nach ihren Anfangsworten benannt wurden, wie es heute noch bei den Enzykliken des Papstes der Fall ist. Und doch war mir die Formel in Erinnerung geblieben und stieg nun in meinem Bewusstsein an die Oberfläche, als ich aufstand, um nach unten zu gehen. Solche Berge der Verwirrung waren nun auch die Stapel in meinem Arbeitszimmer, etwas besser sortiert als in Durs' Wohnung in Berlin, und doch eindeutig Anhäufungen des Irrsinns. Dieser Gedanke ging mir durch den Kopf, während ich die Treppe hinunterstieg und die Tür öffnete. Vor mir stand mein Bruder Mathis.

Ich hatte damit gerechnet, eine Nachbarin anzutreffen, die um ein paar Eier oder eine andere Kleinigkeit bat, doch meinen Bruder zu sehen überraschte mich. Mein Vater hatte also doch recht gehabt, dachte ich sofort.

»Was für eine schöne Überraschung! Komm rein!«, sagte ich und umarmte ihn.

Er aber wirkte steif und verschlossen und antwortete nur mit einem kurzen »Hallo!«.

»Möchtest du etwas trinken? Einen Kaffee? Eine heiße Schoki?«

»Ein Kaffee wäre gut«, antwortete er.

Ich füllte unsere Kaffeemaschine und schaltete sie ein. Als wir uns aufs Sofa setzten, begann das Gerät, unser Gespräch mit blubbernden Geräuschen zu kommentieren.

»Seit wann bist du in Chur?«, fragte ich ihn.

»Ich bin gerade erst angekommen«, antwortete er.

»Du wirkst angespannt. Ist alles okay?«

Mein Bruder zögerte. Er schien nach den richtigen Worten zu suchen.

»Ich … Ich will zurück nach Graubünden.«

»Du willst zurückkommen?«, fragte ich erstaunt. »Warum denn?«

Ich stand auf, ging zur Wohnküche hinüber und füllte zwei Becher mit Kaffee.

Als ich mich wieder zu ihm aufs Sofa setzte, sah ich, dass er feuchte Augen hatte. Ich reichte ihm den Kaffee und lehnte mich zurück. Er begann zu erzählen und wechselte dabei immer wieder vom Schweizerdeutschen ins Rätoromanische und zurück. Während er so von seiner Einsamkeit in Basel berichtete, einer gescheiterten Beziehung, einer sich in Routinen verlaufenden Arbeit, hatte ich mit einem Mal das Gefühl, dass er im Wechsel der Sprachen wie ein Flüchtling im Niemandsland gestrandet war, weder ein echter Basler, noch hier zu Hause war. Seine rätoromanischen Einsprengsel schienen mir ungeschickt formuliert, ganz so, als hätte er seine Muttersprache längst verlernt und erinnerte sich nur noch vage an seine Kindheit und Jugend im Albulatal, wie an einen Traum, an ein Leben, von dem unklar blieb, ob es tatsächlich sein eigenes war. Draußen wurde es langsam dunkel, während er mir erzählte, er könne den Winter in Basel nicht mehr ertragen, den Nebel, der aus dem Rhein steige, den Mangel an Schnee und Licht, die Leere der eigenen Wohnung. Es war stockdunkel geworden, als schließlich die Mädchen die Treppe hinunterkamen und ihr Abendessen einklagten. Mathis begrüßte die beiden nur kurz; er werde bei einem alten Freund übernachten und in den nächsten Tagen sehen, ob eine Rückkehr tatsächlich möglich sei, sagte er und lächelte.

Als er schon im Türrahmen stand und wir uns umarmten, fragte ich plötzlich: »Warst du oben im Haus?«

Er sah mich erstaunt an. »Ja«, antwortete er verlegen. »Vor zwei Wochen.«

Ich sah ihn fragend an.

»Ich hatte das Gefühl, zurückzumüssen«, sagte er.

Ich schloss die schwere Tür hinter ihm mit einem unguten Gefühl, denn an dieser Rückkehr war nichts Fröhliches, es war kein Aufbruch, so wurde mir klar, sondern eher eine Flucht aus Basel, ein unsortierter Rückzug, wie ihn Napoleon aus Russland vollzogen hatte, stolpernd über das Eis zugefrorener Flüsse. Dieser komische Vergleich kam mir wohl, so denke ich heute, weil Mathis wie ein junger Bonaparte nach Basel gezogen war, zumindest im übertragenen Sinne auf einem hohen Ross sitzend, voller Eroberungswillen und Tatendrang. Nun aber schien mir mein Bruder geradezu seelisch gebrochen, ja verwirrt, leer, entwurzelt. Ich erinnerte mich, dass wir einmal den Ausdruck *un cheval ombrageux* gelernt hatten, ein Pferd, das sich vor seinem eigenen Schatten erschrickt, ein ängstlicher, *verhuschter* Mensch. Von seinem Heroismus war nichts übriggeblieben. Ich stellte mir vor, wie mein Bruder vor der Kaffeetasse im Haus unserer Eltern gesessen hatte, alleine in einem immer mehr Staub ansetzenden Wohnzimmer, in einem Hotel, dessen Zimmer alle leer waren. Wer aus Graubünden in eine echte Stadt ziehen wollte, landete meist in Zürich, eher selten in Basel wie mein Bruder, dachte ich. Während ich das Nachtessen vorbereitete, fiel mir ein, dass ich vor fünf Jahren Marlène in Zürich besucht hatte. Nach der Zeit in Fribourg waren wir nur in losem Kontakt geblieben, doch als ich bei ihr in Zürich war, gingen wir abends in eine der schicksten Bars der Stadt, tranken sündhaft teure Cocktails und Marlène führte mir vor, wie man als junge Anwältin in einer Metropole lebte, und nicht nur in irgendeiner, sondern in der reichsten und teuersten Europas. Der Alkohol, so erinnerte ich mich, hatte das Gefühl enger Verbundenheit hervorgerufen, denn wir lachten und flirteten mit Marlènes Freunden, und immer wieder standen neue *Whiskey sours*, *Manhattans* und *Boulevardiers* vor uns, die mit großer Kunstfertigkeit hinter einer blau beleuchteten Theke angerührt wurden. Wir tranken uns quer durch die Whiskeycocktails und Marlène waren die Preise egal. Damals war Techno allgegenwärtig, und so schrien wir uns durch den stampfenden Rhythmus der Maschinen an. Ich kann mich nicht mehr entsinnen, ob ihr späterer Mann Teil dieser Clique war, ob er an diesem Abend bereits dabei war. Am nächsten Morgen standen wir erst mittags auf und schleppten uns mit einem kräftigen Kater in ein Café zum Brunch. Wir mussten uns mit Sonnenbrillen vor der Morgensonne schützen, denn der Züricher Morgennebel hatte sich gelichtet. Wie lange war dieses Wochenende nun her, so fragte ich mich, als ich das Brot schnitt.

Als Thomas nach Hause kam, stellte ich gerade die letzten Dinge auf den Tisch; die Mädchen hatten bereits begonnen, in ihre Wurstbrote zu beißen, als er sich zu uns setzte.

»Er heißt nicht Urs«, sagte er ganz unvermittelt, und unsere Töchter sahen ihn nur erstaunt an.

»Aha«, antwortete ich und wandte mich den Kindern zu.

An diesem Abend griff ich im Bücherregal der Kinder nach dem Schellen-Ursli, als es darum ging, eine Bettlektüre zu suchen. Für Elisa, unsere Ältere, war das Buch vom Schellen-Ursli nichts mehr, Leni, die gerade erst fünf geworden war, kuschelte sich jedoch zu mir aufs Sofa. Das Buch erzählt die Geschichte eines Jungen, der wie die anderen Kinder des Dorfes auch mit einer Kuhglocke an einem Fest teilnehmen will. Ohne den Eltern Bescheid zu sagen, wandert er auf eine Alphütte und kommt schließlich, gerade noch rechtzeitig, mit der größten Glocke von allen zum Fest. Während ich Leni vorlas, suchte ich nach Durs in diesem Buch. Auch er war hoch in die Berge gegangen, bei Bregenz, aber anders als Ursli war er nicht mehr zurückgekehrt.

Erst als die Kinder schliefen, erläuterte Thomas mir, warum der Spion aus Chur keinen Kontakt mit Durs gehabt haben konnte. Er sei erst 1988 nach Berlin gezogen, es lohne nicht, in den Stasiunterlagen zu recherchieren.

Über einen Urs in Berlin vor 1985 sei nichts bekannt. Es sei durchaus denkbar, dass dieser Urs nur telefonisch mit Durs in Kontakt gestanden habe. Für einen kurzen Moment überlegte ich, ob ich nach Autoren oder Forschern mit dem Vornamen Urs suchen sollte.

»Doch ich habe das hier«, sagte Thomas und legte eine Akte auf den Tisch. »Die Ermittlungsakte.«

Ich schlug die Akte auf und zusammen sahen wir den Inhalt durch. Versammelt waren Aussagen aus Berlin, die Angaben meiner Mutter, eine Skizze mit dem genauen Fundort. Nichts daran schien uns irgendwohin zu führen, und so stiegen wir schließlich zu zweit die Treppe hinauf in mein Arbeitszimmer, wo noch immer die sieben Stapel auf dem Boden lagen, die ich verlassen hatte, als Mathis geklingelt hatte.

»Du bist Polizist. Vielleicht fällt dir etwas auf, das mir nicht auffällt«, sagte ich.

Doch obwohl wir uns bis Mitternacht durch die Aufzeichnungen arbeiteten, kamen wir keinen Schritt weiter. Vieles war so wirr, dass es nichts zu entschlüsseln gab, während andere Aufzeichnungen Exzerpte aus historischen Abhandlungen darstellten. Die rätselhaften Listen mit Abkürzungen interpretierten wir als Signaturen von Büchern in der Bibliothek der Freien Universität in Berlin. Offenbar hatte Durs versucht, sich ganz systematisch über die Unterschiede zwischen den verschiedenen Irokesenstämmen klar zu werden, zwischen den Cayuga, Mohawk, Oneida, Onondaga, Seneca und Tuscarora. Er hatte sich offenbar auch dafür interessiert, wie die französischen Siedler versuchten, die Huronen im Norden zu missionieren und sie als Verbündete gegen die Irokesen und Briten einzusetzen. Was mit den Biberkriegen begann, ging schließlich in den britisch-französischen Krieg über, der auf beiden Seiten mit äußerster Härte geführt wurde. Eine nicht endende Abfolge von Scharmützeln, gegenseitigen Belagerungen und Massakern war in seinen Notizen zusammengetragen. Auch aus den Berichten der französischen Jesuitenpatres hatte sich Durs einige Sätze herausgeschrieben. Von einem Priester namens Le Jeune stammte der Gedanke, dass wir, *wenn wir genau hinsehen, nie auf Kreuz, Nägel und Dornen stoßen, ohne Jesus Christus zu begegnen*, so hatte Durs notiert.

»Was soll das denn bedeuten?«, fragte ich Thomas.

»Ich weiß nicht. Vielleicht: Finde das Gute im Schlimmen. Suche die Blume, die auf dem Schrottplatz blüht?«

Ich sah ihn nur fragend an und legte das Blatt zur Seite. Was für eine dumme Glückskeksweisheit, dachte ich.

Andere Missionare, so stellten wir fest, waren offenbar der Ansicht, in Nordamerika einen verlorenen Stamm Israels gefunden zu haben. Dessen Bekehrung zum wahren Glauben wurde daher mit großen Hoffnungen in Angriff genommen. Von einer Verachtung für die Indianer war, so konnten wir den Notizen entnehmen, bei den Franzosen nichts zu finden, die manchen Stämmen, vor allem den Huronen, sogar eine gewisse Galanterie zuschrieben. Doch die abstrakten Begriffe der christlichen Theologie – Versuchung, Schuld, Sühne, Vergebung – ließen sich, so hatte Durs notiert, in die Sprache der Huronen kaum übersetzen. Offenbar hatte es ihm besonders ein Pater Brébeuf angetan, der sowohl die Sprache der Montagnaisindianer als auch das Huronische systematisch zu erfassen versuchte. Durs' Schrift wurde seltsam eckig und abgehackt, als ich an dieser Stelle seine Aufzeichnungen zu entziffern suchte. Im Jahr 1635 gründeten die Jesuiten offenbar ein Collège in Québec und unterrichteten einige Indianerkinder im Französischen. Die weiter von den

Siedlungen entfernt lebenden Stämme wurden von einzelnen, todesmutigen Jesuiten in ihren eigenen Sprachen zum Christentum bekehrt. Ich versuchte mir vorzustellen, mit welcher Befremdung sich die Huronen, Algonquin und Montagnais die unverständlichen Missionierungsreden angehört haben mochten, konfrontiert mit Gedanken aus einer Welt, deren Begriffe, Probleme und Gefühle ihnen so fremd waren, als kämen sie von einem anderen Planeten. Die katholische Lehre von der Erlösung durch den am Kreuz gestorbenen Sohn musste in der Sprache der Montagnais, eines nomadisch im kargen Norden lebenden Stammes, ein geradezu absurd anmutendes Durcheinander ergeben haben, sodass, wer sich taufen ließ, gar nicht verstehen konnte, welcher rätselhaften Gemeinschaft er beitrat und zu welchem Gott er von nun an zu beten hatte. Ein *Vaterunser* in dieser Sprache, gemurmelt in den runden Kuppelzelten der Montagnais, in denen man sich in lichtlosen Wintern aneinanderkauerte, war dort nichts anderes als eine unverstandene und vollends unverständliche Beschwörung fremder Geister. Und doch drangen *Dieu & Roi* auf diese Weise, als bloße Worte ohne Anschauung, an den Rand der bekannten Welt. Hatte sich Durs von dieser Verwirrung anstecken lassen, war es das Durcheinander der Welt, das seine Seele aus dem Gleichgewicht gebracht hatte?

Kurz nach zwölf beschlossen wir für dieses Mal aufzugeben und gingen zu Bett. Als Thomas die Zähne putzte, stieg ich hinunter in die Küche, um ein Glas Wasser zu trinken. Noch einmal schlug ich die Ermittlungsakte auf und blickte zufällig auf die Inventarliste jener Gegenstände, die Durs bei seinem Tod bei sich trug. Ein Sackmesser, einige »Westmark« – mit diesem inzwischen verschwundenen Begriff war es auf der Liste vermerkt –, der Bon einer Wäscherei in Berlin, ein Taschentuch, ein Schlüsselbund, die Fahrkarten und eine Eintrittskarte zum Basler Zoo.

Als ich die Treppe wieder hinaufstieg, kam mir diese Mixtur an Dingen traurig vor, vor allem das Billett des Basler »Zolli«. Gehen nicht Eltern mit ihren Kindern in den Zoo? Ich konnte mich nicht erinnern, jemals mit meinen Eltern im Zoo gewesen zu sein. Durs hatte keine Kinder. Er hatte eigentlich niemanden. War er wirklich allein in den Basler Zoo gegangen? Was wollte er dort? Hatte das mit Mathis zu tun? Oder sah ich nur Gespenster, falsche Bezüge, Scheinzusammenhänge? Meine Glieder schmerzten, als ich endlich ins Bett sank.

In dieser Nacht bekam ich Fieber und am nächsten Morgen war ich so schwach, dass ich mich krankmelden musste. Thomas brachte die Mädchen zur Schule, und ich blieb erschöpft zurück im Bett. Meine Stirn glühte, und schon bald schlief ich wieder ein. Als ich erwachte, war es gerade Mittag. Ich blickte aus dem Schlafzimmerfenster und sah den Schnee in dicken Flocken fallen. Was hatte ich geträumt? Ich konnte mich kaum erinnern, nur schemenhafte Bilder und ein unbestimmtes Gefühl waren geblieben. In meinem Traum war ich, so erinnerte ich mich nun, eine Treppe hinabgestiegen, immer weiter in einen hell erleuchteten Raum. Er sah beinahe aus wie der Wellnessbereich eines Hotels. Warm war es dort, ich fühlte mich wohl und sicher. Ein gelbes Licht strahlte in diesem Raum, das aber keine Quelle zu haben schien. Offenbar hatte man die Lampen und Leuchten dezent in Wände und Ecken eingebaut, dachte ich im Traum, ganz so, als wäre ich eine Reisejournalistin, die einen neuen Spabereich begutachtet. Hier hatte ich Durs zu finden versucht, um mich von ihm zu verabschieden, doch in diesem Raum war ich, zwischen den Holzwänden und Badebecken, allein. Zwar glaubte ich seine Anwesenheit zu spüren, aber so weit ich auch ging, ich fand ihn nicht. Der Traum verwirrte mich und ich hatte Mühe, mich aus dem Bett zu erheben, meine Beine schmerzten, und für einen Moment wurde mir schwarz vor Augen, als ich aufstand und das Blut aus dem Kopf nach unten sank.

Langsam wankte ich die Treppe hinab und warf die Kaffeemaschine an. Ich hatte mein altes Stendhalexemplar mit hinuntergenommen, setzte mich an den Küchentisch und blätterte ziellos darin herum. Nun fiel mir langsam wieder ein, was wir damals im Kurs an der Uni über diesen Roman gelernt hatten, dass hier nämlich sowohl die Kirche als auch das Militär lächerlich gemacht wurden als eine bloße Ansammlung von Opportunisten, die auf Pfründe und Ämter, auf schwarze Soutanen und Bischofsgewänder oder aber auf prächtige Uniformen mit goldenen Epauletten aus waren. Beide Sphären, *Rot und Schwarz*, so erinnerte ich mich, waren hier als bloße Täuschungsmaschinen gezeichnet, und auch Julien Sorels so zeittypische Bewunderung für Napoleon war nur eine lachhafte Flause, ein Kindertraum. Damals in Fribourg hatte ich viele Sätze unterstrichen, Ausrufezeichen an den Rand gezeichnet und allerlei Vordeutungen und Auflösungen im Text zu erkennen versucht. Erst jetzt, in der Rückschau, glaubte ich zu verstehen, was Antoine an diesem Denken und Schreiben angewidert und zu einer regelrechten Anklagerede provoziert hatte. Nun wunderte ich mich darüber, dass das Pseudonym Stendhal auf eine preußische Stadt verwies, dass der eigentliche Autor hinter einem deutschen Tarnnamen geradezu verschwunden war. Hatte nicht Stendhal seine Tage als Beamter und Diplomat vertan, mit allerlei Gedankenspielen und literarischen Reisebeschreibungen die leeren Tage gefüllt? Es musste diese Flucht in eine träge Bescheidenheit gewesen sein, die Antoine damals, vor vierzehn Jahren, als wir in Grenoble gegenüber der *Téléphérique* saßen, in Rage gebracht hatte. Stendhal strahlte eine Haltung aus, für die mir in diesem Moment das Wort *blasé* in den Sinn kam; *blasiert* und dünkelhaft war nicht zuletzt die Widmung, die Stendhal seinem Roman vorangestellt hatte und auf die ich nun, am Küchentisch eines Reihenhauses in Chur sitzend, erneut blickte: *To the happy few*. Antoine hatte einen größeren Ernst gesucht und deshalb Fribourg verlassen, dachte ich. Mein Blick wanderte nachdenklich vom Buch hinüber zu unserem Wohnbereich, wo auf dem Boden in unregelmäßigen Abständen die Legosteine unserer Töchter lagen.

Ich hatte einige Zeit in Gedanken versunken am Küchentisch gesessen, das Blubbern der Kaffeemaschine im Ohr und die Straßen Grenobles vor meinem inneren Auge, als ich schließlich aufstand, um mir endlich einen Becher Kaffee einzuschenken. Dann begann ich aufzuräumen, obwohl ich mich schwach und krank fühlte, immer noch im Pyjama. Als ich die Legosteine, Puppen und Klötzchen unserer Kinder in die Hand nahm, sehnte ich mich nach einer Welt ohne Plastik, einer Welt, die ich selbst ja bereits nicht mehr gekannt hatte, in der aber meine Eltern noch aufgewachsen waren, im Albulatal, zwischen vielen Kühen und einigen Pferden, mit denen man im Winter die geschlagenen Stämme der Lärchen aus dem Wald zog. Neben unserem Videorekorder hatten sich die VHS-Kassetten gestapelt, die ich zurück ins Regal sortierte. Ich betrachtete die Titel und Bilder, die in den Hüllen hinter eine transparente Folie geklemmt waren, *Jenseits von Afrika*, *Das Imperium schlägt zurück*, *Der mit dem Wolf tanzt*. Nur selten gingen Thomas und ich ins Kino und jetzt, mit zwei kleinen Kindern, noch seltener. Wir besaßen nur wenige Videofilme, doch Thomas lieh immer wieder etwas in einer Videothek aus, die im Industriegebiet lag, zwischen einem Spielsalon und einem Baumarkt. Als ich die klobigen Hüllen in die Hand nahm, glaubte ich mich zu erinnern, am entscheidenden Abend, kurz bevor wir uns zum ersten Mal küssten, Meryl Streep und Robert Redford in einem gelben Doppeldecker über den Ebenen Kenias gesehen zu haben, im Kino in Chur. Damals waren wir beeindruckt von dieser Dreiecksgeschichte, in der, so erinnerte ich mich, Klaus Maria Brandauer mich anzog durch seine wortlosen und traurigen Blicke, doch die Kassette, die ich nun ins Regal stellte, wirkte schäbig. Sie vereinte, wie ich aus mir unerfindlichen Gründen mit einem Mal feststellte, drei Sorten von Plastik, das weiche der transparenten Hülle, das harte Plastik der Kassette selbst und schließlich den fragilen Kunststoff des Videotapes, auf dem sich die Bilder galoppierender Zebraherden und aufsteigender Vogelschwärme chemisch kodiert in die seltsame Sprache kleinster Magnetisierungen übersetzt und auf unabsehbare Zeit gespeichert fanden.

Ich nahm die Ermittlungsakte an mich und ging nach oben in mein Arbeitszimmer, zu den Bergen des Wahnsinns. Gestern hatten wir nur wahllos herumgelesen und verzweifelt versucht, einen Hinweis auf Urs zu finden. Nun wollte ich nachsehen, ob ich irgendwo etwas zu Samuel de Champlain entdecken würde, aber auch gestern schon, so dachte ich, wäre mir der Name aufgefallen. An manchen

Stellen ging Durs' Schrift in freie Skizzen über. Teilweise wirkten die Zeichnungen, als habe er gedankenverloren herumgekritzelt, während er mit jemandem telefonierte. Die Mohawk, hatte er sich notiert, vergeben für jeden Menschen einen eigenen Namen, einen einzigartigen Namen, einen *echten Eigennamen*, so hatte Durs geschrieben und unterstrichen. Eine Dorela oder einen Durs mochte es in Graubünden wohl dutzendfach geben, einen Thomas im ganzen deutschen Sprachraum vermutlich zigtausende Male. Denkt man anders über sich selbst, wenn man weiß, dass es den eigenen Namen nur ein einziges Mal gibt, dass man einen *echten Eigennamen* hat, wie Durs unterstrichen hatte?

Ich nahm mir den nächsten Stapel vor. Es schien mir, während ich durch die Zeichnungen von Langhäusern blätterte, ein merkwürdiger Zufall zu sein, dass Samuel de Champlain in Durs' Notizen nicht vorkam. Er war immerhin der Gründer Québecs, der Vater der *Nouvelle France*. Oder hatte Durs mir eine Quelle hinterlassen, die er selbst noch gar nicht bearbeitet hatte? Wollte er mir gewissermaßen den Auftrag erteilen, dieses letzte Puzzleteil hinzuzufügen? Aber warum ausgerechnet dieses Buch? Vielleicht, so kam mir in den Sinn, wurde in Champlains Bericht deutlich, dass die ganze Idee der *Nouvelle France* von Anfang an ein Hirngespinst war, dass man, je genauer man die Realität betrachtet, umso deutlicher sieht, dass sie den Vorstellungen, Träumen und Fantasien nicht entspricht. Das Geheimnis ist leer, und in Afrika flogen keine gelben Doppeldecker, sondern es herrschten Rassismus und Kolonialismus, Krankheit und Elend. Was würden wir finden, wenn wir hinter die Fassade der stolzen Massaikrieger blicken könnten, fragte ich mich mit Champlains Buch in der Hand. Prahlen sie mit ihren Rindern auf dieselbe Weise wie die Schweizer Dorfjugend mit aufgemotzten Sportwagen? Womöglich stehen in Lourmarin längst ein Hypermarché, ein Vergnügungspark, eine Schlachtfabrik. Es gibt, dachte ich, keinen Ort außerhalb des Reiches, und es hatte ihn auch nie gegeben. Samuel de Champlain hatte bei den Irokesen nur ein anderes Imperium gefunden, aber keinen Ausweg. Vielleicht war es das, was mir Durs sagen wollte? Auch Durs hatte versucht, aus der Höhle zu kommen, war aber nur in andere Höhlen gelangt. Aber warum sollte er seiner Nichte einen so niederdrückenden Gedanken vermachen? Wollte er mich davor warnen, bloßen Hirngespinsten hinterherzujagen? Ich hatte Mathis nie gefragt, ob das transparente Papier, in welches das Buch eingehüllt war, von ihm stammte. Auch schien es mir seltsam, dass Durs ausgerechnet in Basel in den Zoo gehen würde, wo er doch, sollte er das ohnehin skurrile Bedürfnis haben, einen Zoo zu besuchen, den berühmten Berliner Zoo vor Ort gehabt hätte. War Durs mit Mathis in Basel im Zoo gewesen?

Plötzlich erinnerte ich mich an den merkwürdigen Morgen in Berlin, als ich mit Champlains Buch in der Jacke aus dem Bahnhofsgebäude getreten war und zu meiner Mutter lief, die bereits am Bus stand. Die Tiere hinter den Zoomauern, eingepfercht und ausgestellt, mussten zu diesem Zeitpunkt gerade in eine Welt hinein erwacht sein, die ihnen wie ein nicht endender Albtraum erschienen sein dürfte. Die Zebras und Gnus verstanden noch nicht einmal, dachte ich, warum sie litten, sie kannten die Savanne nicht, die sie vermissten, und begriffen die Ursache ihres dumpfen Unglücks nicht.

Ich suchte mein Nokiahandy in meiner Handtasche und drückte auf die grüne Taste, nachdem ich Mathis' Namen ausgewählt hatte. Während das Freizeichen ertönte, wurde mir klar, dass ich gar nicht wusste, wo in Chur nun sein Handy klingelte, bei welchem Freund er untergekommen war. Endlich nahm er ab, und als ich ihm sagte, dass ich ihn sehen wolle, wirkte er überrascht, willigte dann aber ein, mich noch am Abend zu treffen. Ich notierte mir die Adresse und den Nachnamen seines Freundes. Ich würde um acht im Auto vor dem Haus warten, sagte ich.

Am Abend saß ich pünktlich um acht Uhr in unserem Kombi vor einem Hochhaus im Osten der Stadt, einem in der Dunkelheit in sich ruhenden Wohnblock, den ich noch nie bewusst wahrgenommen hatte. Bereits damals, kurz vor der Jahrtausendwende, war viel von den französischen Trabantenstädten die Rede, die erst mit den großen Unruhen 2005 als eine einzige Problemzone ins Bewusstsein der breiteren Öffentlichkeit traten. An diese riesigen Hochhäuser französischer Vorstädte musste ich denken, als ich im Auto sitzend auf die große Anzahl neben- und übereinander gruppierter Klingelschilder blickte. Obwohl sich dieses Hochhaus mit seinen 30 Stockwerken harmlos ausnahm, ordentlich, gepflegt, ja geradezu reinlich wirkte, ging etwas Bedrückendes von dieser Wohnmaschine aus. Als ich zu Hause aufgebrochen war, hatte ich eine Sekunde mit dem Gedanken gespielt, Thomas' Dienstwaffe, eine schwere Glock 19, mitzunehmen, doch dann war mir diese Idee absurd und gefährlich erschienen. Allein der Umstand, dass ich auf einen solchen Gedanken kam, ließ mich nun, in einer dicken Daunenjacke im Auto sitzend, im blauen Licht eines Autoradios an meiner geistigen Gesundheit zweifeln. Thomas würde jetzt zum Volleyballspielen radeln, während Helen, ein 15-jähriges Mädchen aus der Nachbarschaft, unsere Töchter ins Bett brachte.

Da blitzten im Eingangsbereich die großen Neonröhren auf und ich sah meinen Bruder aus dem Fahrstuhl kommen. Seine Bewegung wurde durch das Flackern zerschnitten wie durch ein Stroboskop. Er öffnete mit großem Schwung die Glastür und ging einige Schritte hinunter zu mir über den festgefrorenen Schnee.

»Wo wollen wir hingehen?«, fragte er, nachdem er sich neben mich gesetzt hatte.

Darüber hatte ich gar nicht nachgedacht, und so fuhren wir ins Stadtzentrum, um dort zu Fuß eine Kneipe zu suchen. Wir parkten in der Nähe des Bahnhofs und liefen hinüber in die Altstadt, wo die Straßen erleuchtet waren. Doch Chur war an diesem winterlichen Dienstagabend wie ausgestorben, bereits jetzt um kurz nach acht. Es kam mir unwirklich vor, dass wir in der gesamten Fußgängerzone, durch die ein nebliger Wind zog, keiner Menschenseele begegneten, und für einen kurzen Moment dachte ich, ich befände mich in einem Traum, ginge durch ein nur geträumtes Chur, aus dem alle Menschen verschwunden wären, nur mein Bruder nicht, der neben mir stapfte, dick eingepackt in eine Daunenjacke. Im gelben Lichtkreis der Straßenlampen sah man die Schneeflocken tanzen, und unter unseren Füßen knirschte der Schnee, als wir in immer kleinere Gassen einbogen.

»Bist du sicher, dass du in dieses gottverlassene Chur ziehen willst?«, fragte ich ihn spöttisch.

»Das ist doch was!«, antwortete er und zeigte auf eine kleine Kneipe.

Bald saßen wir uns gegenüber, und ich suchte nach einem guten Einstieg.

»Weißt du«, begann ich, »das mit Durs geht mir immer noch nach. Diese komischen Aufzeichnungen. Es ist alles so seltsam.«

Mathis atmete tief durch. Dann erzählte er mir, was ich bereits geahnt hatte, dass Durs kurz vor seinem Tod bei ihm in Basel war, dass sie tatsächlich zusammen im Zoo in Basel waren, wo Durs offenbar zusammengebrochen war. Fast eine Stunde habe er vor dem Gehege der Pinguine verbracht und diese angestarrt. In immer wieder denselben Bahnen seien die Tiere im Kreis geschwommen, und am Ende habe er Durs packen, ihn hinstellen und dazu zwingen müssen, endlich zu gehen.

»Vielleicht hätte ich ihm helfen können, aber ich wusste nicht wie«, sagte mein Bruder mit feuchten Augen. »Nach ein paar Tagen ist er wieder nach Berlin gefahren. Ich musste arbeiten, ich war froh, als er ging. Ich hoffte, er würde sich irgendwie fangen.«

»Hat er aber nicht …«

»Im Gegenteil. Er rief mich an und wollte, dass ich mit ihm nach Bregenz fahre. Er wollte wohl alle seine Arbeit, wie er es nannte, zerstören.«

»Warst du mit ihm im Wald in Bregenz?«, fragte ich ihn direkt.

Er wich meinem Blick aus und suchte nach Worten.

»Nicht oben. Zumindest nicht ganz oben. Ich traf ihn in Lindau, fuhr nur die letzte Strecke mit ihm zusammen. Er wurde immer merkwürdiger, irgendwann aggressiv. Sein Leben sei verpfuscht. Wir sind direkt vom Bahnhof hoch in den Wald gegangen, er wollte mir etwas zeigen. Doch dann begann er, mich zu beschimpfen. Irgendwann bin ich umgekehrt.«

»Warum hast du uns das nie erzählt?«, fragte ich ihn.

»Was hätte ich euch erzählen sollen? Ich habe mich geschämt, mich schuldig gefühlt. Ich hätte Durs retten können, womöglich. Als die Nachricht kam, war ich im ersten Moment so schockiert, dass ich gar nichts sagen konnte. Irgendwann war es dann einfach zu spät.«

Wir schwiegen. Mathis trank einen Schluck Bier, ich umklammerte meine gläserne Teetasse.

»Hat er je mit dir über einen Urs gesprochen? In seinen Aufzeichnungen erscheint immer wieder dieser Name«, fragte ich.

»Urs?« Mein Bruder überlegte. »Gab es nicht irgendeinen Historiker, der so hieß? Einen Autor oder Forscher? Ich kann mich erinnern, dass er immer wieder von denselben Büchern erzählte. Vielleicht stammen die von einem Urs?«

»Das könnte sein«, antwortete ich.

Wir schwiegen erneut.

»Ich weiß nicht, ob du wirklich nach Chur ziehen solltest«, sagte ich schließlich.

Mathis sah mir tief in die Augen. »Wo soll ich sonst hin?«, sagte er, und ich wusste keine Antwort.

Als wir zurück zum Auto gingen, hallte seine letzte Frage in mir nach. Gab es nicht unzählige schöne Orte auf der Welt? Warum nur gelang es ihm nicht, irgendwo heimisch zu werden? Kann es denn so schwer sein, den eigenen Ort zu finden?

Schließlich stieg er vor dem Wohnblock aus dem Wagen, drehte sich um und sagte noch einmal: »Es tut mir leid.«

»Es war nicht deine Schuld«, antwortete ich, und er warf die Tür zu. Wieder begann das Licht im Vorraum des Wohnblocks zu flackern.

Ich erwartete, unsere Babysitterin Helen auf unserem Sofa lesend vorzufinden, doch sie war nicht allein. Sie saß dort mit einer Freundin, und es fuhr mir ein Schrecken in die Knochen, als sich diese Freundin umdrehte und ich in das Gesicht meiner Schülerin Carla blickte.

»Hallo Carla, du hier?« Ich versuchte, mir die Überraschung nicht anmerken zu lassen.

»Sind Sie wieder gesund?«, fragte mich Carla, ohne zu antworten.

Stimmt, dachte ich. Ich war ja krankgemeldet. Das sah natürlich komisch aus, wenn eine kranke Lehrerin abends unterwegs war.

»Ja, mir geht es besser.«

»Wir gehen jetzt«, sagte Helen. »Carla hat mir ein bisschen Gesellschaft geleistet.« Und Carla ergänzte: »Wir kennen uns vom Schwimmverein.«

Als Carla an mir vorbeiging, lächelte sie, und für eine Sekunde durchzuckte mich der Gedanke, sie könnte meinen Kindern etwas angetan haben.

»Wie kommst du denn so spät nach Hause?«, fragte ich Carla. »Ich habe gar kein Rad vor der Tür gesehen«, sagte ich.

»Ich übernachte einfach bei Helen«, antwortete sie.

»Na dann sehen wir uns morgen in der Schule«, antwortete ich.

Als sich die Tür hinter ihnen schloss, ging ich schnell hinauf ins Kinderzimmer. Noch immer hatte ich die verrückte Idee, Carla könnte meine Töchter mit einem Kissen erstickt haben. Sie würde sich, fürchtete ich, mit kühler Professionalität unwissend stellen. Mit rasendem Herzen öffnete ich die angelehnte Tür des Kinderzimmers. Als ich Leni und Elisa friedlich schlafend in ihren Bettchen liegen sah, sank ich auf den Boden. Ich brauche Hilfe, dachte ich. Ich schaffe das nicht mehr.

Ich merkte, dass ich doch noch Fieber hatte. Mir wurde schwindelig und ich ging schnell ins Bett. Thomas kam erst kurz vor Mitternacht. Nach dem Volleyball gingen sie immer noch etwas trinken. Daher lag ich alleine im Bett, gezwungen, meine Gedanken zu ordnen. Ich beschloss, morgen bei der NZZ in Zürich anzurufen, eine Art Suchauftrag abzugeben und mich nach »E.H.« zu erkundigen. Antoine sollte ich, so schien es mir, einfach vergessen. Aktiv vergessen. Oder sollte ich ihm einen Brief schreiben, ihm mitteilen, dass ich mich verraten fühlte, dass er alleine, nicht ich, Lourmarin zerstört hatte? Aber zu welchem Zweck? Mir kann Stendhal egal sein, dachte ich, und es gibt auch kein Reich, aus dem ich fliehen müsste. Da hörte ich, wie Thomas nach Hause kam, die Tür aufschloss und sich bemühte, den Schlüssel möglichst leise abzulegen, um mich nicht zu wecken.

III.

Als ich am Dienstag mit Leni in New York landete, begrüßte uns eine orange leuchtende Abendsonne, die den JFK-Flughafen und alle Menschen an diesem Aprilabend mit einem warmen Licht überflutete. Wir nahmen ein Taxi, um etwas von der Stadt zu sehen und nicht in die enge Bahn steigen zu müssen. Achtzehn Jahre ist es nun her, dass hier die beiden Türme in sich zusammenfielen, doch als wir über die Brooklyn Bridge nach Manhattan fuhren, wirkte die Skyline verheilt, ja beinahe normal. Oder lag es nur daran, dass ich das *World Trade Center* nie mit eigenen Augen gesehen hatte, seinen Anblick nur von Fotos kannte und daher gar nicht vermissen konnte, was hier so plötzlich verschwunden war? Es war einige Jahre her, dass ich in New York war, und für Leni war es das erste Mal. Die Reise hatten Thomas und ich ihr zum Abschluss des Studiums geschenkt, und der April schien uns ein passender Monat, jetzt, wo sie die letzten Prüfungen geschafft hatte.

Marlène begrüßte uns herzlich. Sie wohnte in East Harlem, direkt am *Thomas Jefferson Recreation Center*, einer Art erweitertem Freibad. In der 111. Straße hatte sie ein Apartment in einem großen Backsteinturm, weil es dort, so erklärte sie mir, nicht ganz so unerträglich teuer sei wie weiter unten in der noch teureren Gegend der East Side. Sofort fiel mir beim Blick aus dem Fenster das helle Blau des Pools im Park auf, und ich bereute, meinen Badeanzug nicht mitgenommen zu haben. Wie gerne hätte ich hier in aller Frühe ein paar Bahnen gezogen, mitten in New York. Marlène erzählte gerade von ihrer Stelle bei der UNO, und Claire und Leni sprachen über das Studium, das Leni nun mit einem Master in einem englischen Businessfach abgeschlossen hatte, dessen genaue Bezeichnung ich mir nicht merken konnte.

Zwei Tage später saß ich nachts am Küchentisch in Marlènes Wohnküche im vierundvierzigsten Stock in Manhattan und blickte schlaflos auf den Thomas-Jefferson-Park hinab. Um zwei Uhr früh waren Leni und Marlènes Tochter Claire noch alleine unterwegs, und ich konnte nicht schlafen, nicht nur wegen des Jetlags, sondern auch aus anderen Gründen. Ich versuchte mir darüber klarzuwerden, was an diesem Tag geschehen war. Ganz langsam musste ich die Teile zusammensetzen. Drüben im Central Park hatte ich einen Mann gesehen, der Antoine gewesen sein könnte, der, wie ich nun dachte, als ich mich an sein Gesicht erinnerte, Antoine gewesen sein musste. Oder war das nur ein Hirngespinst gewesen?

Marlène und ich gingen dort hinter unseren Töchtern her, da fiel mir ein Mann auf, der seinen Kindern etwas auf Französisch zurief. Er kam uns in einem blauen Mantel entgegen, während zwei kleine Jungs mit Laufrädern vor ihm herliefen. Die beiden waren vielleicht vier Jahre alt, und ich dachte, dass sie wohl Zwillinge sein mussten. Unsere Blicke trafen sich nicht, und ich konnte den Mann nur einen kurzen Augenblick sehen, der, wie ich dachte, ein alter Vater war, so alt wie ich, nur mit viel jüngeren Kindern.

Als ich mich jedoch in dieser Nacht an die kurze Begegnung erinnerte, konnte ich meiner Wahrnehmung nicht trauen. Vielleicht war Antoine durch bloße Zufälle wieder in mein Bewusstsein getreten. Als wir am Vormittag am Lincoln Center vorbeikamen, hatte ich ein Plakat der Columbia University gesehen, auf dem eine Tagung über Albert Camus angekündigt wurde. Man hatte die allbekannte Photographie verwendet, auf der Camus im Trenchcoat und mit Zigarette im Mundwinkel wie ein einsamer Held aus einem *film noir* aussieht, wie ein französischer James Dean. Dieser Mantel, dachte ich im Vorbeigehen, stammt aus den Gräben, und ich erinnerte mich, dass der Trenchcoat im Ersten Weltkrieg von den Briten als eine Art vertikaler Schlafsack entwickelt wurde, ein Kleidungsstück, welches das stunden- und tagelange Stehen in den Gräben erleichtern sollte. Der schreckenerregende Nachhall, den die Rede von *the trenches* im britischen Englisch besitzt, dürfte Leni unbekannt sein, und auch Claire, die, wenn ich sie Englisch sprechen hörte, einen fröhlichen, etwas harten New Yorker Tonfall hatte, würde diese Obertöne nicht hören. Vielleicht, so dachte ich in diesen frühen Morgenstunden, mit Jetlag in die Nacht starrend, kam ich über den plötzlichen Anblick dieses Bildes auf die verrückte Idee, Antoine könnte hier im Central Park herumspazieren, denn in meinem Bewusstsein könnten sich, so schien es mir, Camus, James Dean und Antoine zu einem einzigen Bild übereinander geschoben haben.

Am Lincoln Center waren wir vorbeigekommen auf dem Weg ins *Museum of Modern Art*, wo wir fast vier Stunden verbracht hatten, weil Leni sich so sehr für Museen interessierte. Schon als kleines Mädchen hatte sie Blätter und Steine gesammelt und auf ihrer Fensterbank ausgestellt, nun aber hatte sich dieses Interesse zu einem regelrechten Spleen ausgewachsen, der für ihr Alter doch recht seltsam anmutete. In St. Gallen, wo sie studiert hatte, in Zürich, in Basel, Bregenz, Bern, München und Lausanne hat sie bereits alle Kunsttempel besucht, die sich im näheren Radius ihres Lebens befanden. Dabei, so dachte ich, als ich sie im MoMA beobachtete, interessierte sie sich gar nicht so sehr für die Kunst selbst, sondern vielmehr einzig für deren Inszenierung, die Gebäude, für das Licht, die Treppenaufgänge, ja selbst Beschriftungen und Leitsysteme schien sie mit Interesse zur Kenntnis zu nehmen. Nachdem sie in Bern das berühmte Kleemuseum besucht hatte, schwärmte sie von der Architektur und erwähnte die Bilder, die sie dort ja gesehen haben musste, kaum. All dies stimmte mich nachdenklich, denn mit einem Mal hatte ich das Gefühl, dass sie am Eigentlichen vorbeisah, nicht nur an der ausgestellten Kunst hier im MoMA, sondern an allem, egal, wohin sie ging. Sie lebte am eigentlichen Leben vorbei. Doch auch mir selbst fiel es nicht leicht, mich für die ausgestellte Kunst zu interessieren, in den großen Räumen des MoMA. Einzig die merkwürdige Holzstatue eines Pferdes berührte, ja beunruhigte mich. Alexander Calder hatte, so las ich auf dem Schild daneben, 1928 dieses Werk geschaffen und ihm den einfachen Titel *The Horse* gegeben. Das Tier aus dunkelbrauner Esche streckte sich auf seltsame Weise nach vorne, selbst der Kopf war waagerecht nach vorne gezogen, während die Beine steif und unnatürlich geradestanden, wie Pflöcke, die man in einen Sumpf hineingetrieben hatte. Der langgezogene Hals erweckte in mir den Eindruck, das Pferd werde gequält, dehne sich vor Schmerzen, um einer unerträglichen Pein zu entfliehen. So steht kein Pferd, dachte ich, im MoMA mit langsamen Schritten um die Plastik gehend, während mir allmählich die Beine müde wurden. Leni sah nur kurz auf dieses Gebilde, und als ich sie im Augenwinkel vorbeigehen sah, fiel mir auf, wie erwachsen meine Tochter aussah. Mit einem Mal erschien mir die Tatsache, dass sie wirklich erwachsen war, dass sie nun ganz und gar erwachsen war, geradezu unglaublich, so als hätte ich die letzten Jahre in einem Schlaf verbracht und wäre nun plötzlich, vor einem Holzpferd stehend, aufgewacht.

Als wir schließlich im Museumscafé vor unseren Tassen saßen, blickte ich nachdenklich auf Leni, die ins Gespräch vertieft war. Was, fragte ich mich, wird wohl aus ihr werden, welche Zukunft hat sie vor sich? Mit Claire unterhielt sie sich auf Schweizerdeutsch, was an diesem Ort, wo man alle Sprachen der Welt hörte, nicht auffiel und geradezu ins Bild zu passen schien. Leni hatte die Haare nach hinten gesteckt und sah im Profil aus wie eine römische Patriziertochter. Zumindest glaubte ich mich zu erinnern, dass diese Frisuren im Alten Rom Usus waren, dass ich sie auf Gemälden gesehen haben musste oder als Haartracht weißer Marmorstatuen. Schließlich standen die beiden auf, um unsere Mäntel aus der Garderobe zu holen, und während ich allein am Tisch sitzen blieb, sah ich einen dunklen Rest in meiner Kaffeetasse. So stand auch ich auf und folgte den beiden durch die langen Gänge.

Wir traten auf die Straße und ich merkte, wie warm es in New York war. Ich erinnerte mich, dass mir Marlène schon vor Jahren erzählt hatte, in ihrer Wahlheimat seien die Winter schneidend kalt und die Sommer beinahe unerträglich heiß und schwül, sodass man, wie sie betonte, nur in den Zwischenzeiten, im Frühling und Herbst, entspannt das Stadtleben auf der Straße genießen könne. Vor dem MoMA sah man fast niemanden mehr, der nicht entweder auf seinem Smartphone tippte, durch Kopfhörer in eine andere Welt verschwunden war oder wild gestikulierend mit einem unsichtbaren Gesprächspartner stritt, der sich wer weiß wo befand. Jemanden auch nur anzusprechen, dürfte bereits als eine Art Belästigung empfunden werden, als ein Eindringen in eine Schutzblase, die jede Person mit sich herumtrug. Da wurde mir plötzlich klar, was ich im hölzernen Pferd gesehen hatte: den Moment, in dem ein Pferd von einer Kugel getroffen wird. *Alle viere von sich strecken* – diese alte Wendung war in der Holzstatue zu sehen, nur so war die unnatürliche Haltung zu erklären, so schien es mir, und diese Einsicht stimmte mich noch trauriger. *Ein Pferd wird erschossen*, so müsste das Werk eigentlich heißen, dachte ich, während ich hinter Marlène und Claire herging und mein Blick über die Wolkenkratzer Manhattans schweifte. Gibt es, so fragte ich mich, im Central Park nicht einige Pferde? Um 1900, so hatte ich irgendwo gelesen, wurde der allgegenwärtige Pferdemist noch als das wichtigste Problem in New York betrachtet. Abertausende Pferde zogen damals die Kutschen durch die aufstrebende Stadt. Die Welt des Automobils, das gerade erfunden worden war, war damals noch nicht vorstellbar, auch nicht die riesigen Autokolonnen, die sich mit der Massenproduktion seit den 1950er-Jahren über den Planeten ergießen sollten, nicht die tausenden und abertausenden Unfalltoten, die das Automobil verursachen würde. Mein Vater hatte mir einst erzählt, dass in den Dorfstraßen der Schweiz zu Anfang keinerlei Geschwindigkeitsbeschränkung galt, dass die Einführung einer Höchstgeschwindigkeit von 50 km/h innerorts mit Skepsis, ja heftiger Ablehnung beantwortet wurde, obwohl die reichen Automobilisten, die damals aus den Städten kamen und mit ihren Lederhelmen und Windschutzbrillen äußerst exotisch auf die Dörfler wirkten, sich regelmäßig um Bäume wickelten, in Abgründe rasten oder gegen die schweren Mauern der Bündner Häuser krachten. Bis 1925, so hatten wir in der Schule gelernt, galt auf den Straßen des Kantons noch ein Autoverbot. Danach aber muss auf der Straße nach St. Moritz das Chaos ausgebrochen sein. Auch Camus war, so fiel mir ein, bei einem Autounfall gestorben, auf dem Weg nach Paris, als auf einer geraden Landstraße offenbar ein Reifen platzte. Er war sofort tot, während andere Insassen des Wagens erst später im Krankenhaus starben und einige, so glaubte ich mich zu erinnern, sogar völlig unverletzt blieben. Der Denker des Absurden war, so hatte ich gelesen, einen Tod gestorben, den er selbst immer als absurd bezeichnet hatte, den Unfalltod im Auto, der so ganz für das Zufällige unseres Lebens steht. Welche Zufälle, fragte ich mich hinter Leni und Claire gehend, wird meine Tochter in ihrem Leben erfahren? Wäre ich vor vielen Jahren bei meinem abendlichen Spaziergang in Fribourg Antoine begegnet, so wäre er womöglich nicht am nächsten Morgen aus dieser Stadt und diesem Leben geflohen.

In der Seitenstraße, in die wir auf der Suche nach einem besonders angesagten Restaurant einbogen, standen eine ganze Reihe neuer Elektroautos hintereinander, ein *Tesla* hinter dem anderen, offenbar ein neues Statussymbol der New Yorker Oberschicht. Doch irgendwie wirkten diese ganz und gar durchdachten Autos wie Fremdkörper in dieser verlotterten Umgebung, in der offene Mülltonen und Dreck auf dem Gehweg das Bild prägten. Am Vortag hatte ich eine überfahrene Ratte gesehen, aufgeplatzt wie ein Fleischsack, ein Anblick, der mich einigermaßen schockierte, obwohl ich natürlich wusste, dass New York auch die Welthauptstadt der Ratten ist, ja dass nicht nur Ratten, sondern auch Kakerlaken und Bettwanzen hier zum Alltag gehören. Teuerster Luxus und erbärmlichste Schäbigkeit sind hier auf untrennbare Weise ineinander verschraubt und verwoben. Bei Dunkelheit würden wir hier, nur wenige Meter von einem der berühmtesten Museen der Welt entfernt, unsere Töchter nicht mehr alleine durch die Seitenstraßen gehen lassen, ja die beiden jungen Frauen, die da vor mir gingen, würden vermutlich selbst auf den beleuchteten Hauptwegen bleiben und ganz instinktiv die Um- und Nebenwege meiden, so wie man auf einem Gipfelgrad darauf achtet, nicht daneben zu treten.

Erst am Abend gegen acht Uhr sah ich Marlène wieder. Wir hatten uns in der Bar eines Hotels verabredet, die aus dem dreißigsten Stock einen Blick auf den Central Park freigab. Claire und Leni waren auf einer Party mit Freunden aus Claires Uni. Nach Schweizer Art wollten Marlène und ich einen Apéro nehmen, bevor wir nach Hause gingen, um gemütlich zu zweit zu kochen, und so saßen wir in einem imposanten Saal vor einem riesig hohen Fenster in tiefen, weichen Sesseln und ließen uns von den fleißig umhereilenden Kellnern bedienen. Hinter der großen Bar lief das stumm geschaltete CNN-Programm auf mehreren Monitoren, links und rechts flankiert von nicht endenden Reihen von Spirituosen. Mir taten die Füße weh, nachdem wir den ganzen Tag unterwegs gewesen waren. Ich nahm einen großen Schluck von meinem Gin Tonic. Marlène erzählte von ihrem Arbeitstag.

»Erinnerst du dich eigentlich an Antoine Guérin?«, fragte ich sie irgendwann geradeheraus.

Sie sah mich überrascht an, griff nach ihrem Drink, nahm ebenfalls einen kräftigen Schluck und lehnte sich zurück.

»Er lebt hier in New York«, sagte sie schließlich.

»Was?«, entfuhr es mir entsetzt.

»Ja«, antwortete sie. »Ich habe ihn im Internet gefunden.«

Ich schwieg. Vielleicht hatte ich mich also im Park doch nicht getäuscht.

»Ich muss dir etwas gestehen«, fuhr Marlène fort. »Damals, in Fribourg, als er verschwand …«

Sie zögerte.

»Am Abend, bevor er Fribourg verließ, habe ich ihn getroffen, zufällig, unten an der Saane.«

»Was?«

»Er saß am Fluss, ganz alleine, und grübelte. Also bin ich vom Rad gestiegen und habe ihn angesprochen.«

»Was … was hat er gesagt?«

»Nicht viel. Ich bin auch bald wieder gefahren, denn er schien allein sein zu wollen.«

Meine Gedanken rasten. Dort musste Antoine den Beschluss gefasst haben, sein Leben in Fribourg abzubrechen. Ich konnte nicht reagieren und sah sie nur fragend an. Mit einem Schlag wurde mir klar, dass ich an diesem Abend an der Saane auf der Steinbrücke stand, vermutlich nur wenige hundert Meter von der Stelle entfernt, an der sich, mutmaßlich zum selben Zeitpunkt, Marlène und Antoine begegnet waren. Was wäre geschehen, wenn ich aus einer Laune heraus einfach 500 Meter weitergeschlendert wäre, hinüber ans andere Ufer?

»Hast du ihn hier in New York getroffen?«, fragte ich sie.

Während sie nach Worten suchte, sah ich plötzlich hinter ihr auf den Bildschirmen, dass CNN vom Brand einer Kirche berichtete. Das Gebäude kam mir sofort bekannt vor, doch ich konnte es nicht zuordnen, da sah ich, dass der Schriftzug am unteren Bildrand den Ort benannte: Paris. Ich stand auf und stellte mich an die Bar. Es war tatsächlich Notre-Dame, die da brannte, lichterloh, das jahrhundertealte Eichenholz des Dachstuhls, *la forêt*, der Wald, eine riesige Konstruktion, die rund 800 Jahre der Schwerkraft widerstanden hatte, ging in Flammen auf. Ich hatte diese Konstruktion mehrfach selbst gesehen und konnte es nicht fassen. Auch Marlène war neben mich getreten, und plötzlich spürten wir hier in New York, dass wir Europäer waren, dass wir, anders als die Amerikaner um uns herum, in unserem Herzen getroffen wurden von diesem Anblick. So schien es mir zumindest in diesem Moment, als der Barkeeper den Ton einschaltete, nicht sehr laut, denn er wollte die anderen Gäste nicht stören. Die kurzen Sätze der Kommentatoren und der Korrespondentin waren deshalb nur im Flüsterton zu vernehmen. Da brach der Vierungsturm ein und es war, als würde eine Welt einstürzen. Wir hörten ein Raunen des Entsetzens durch die Menge in Paris gehen. »The spire has collapsed«, sagte eine Korrespondentin namens Melissa Bell, und ich glaubte zu spüren, dass es auch Marlène in diesem Moment die Kehle zuschnürte. Wir wankten zurück zu unseren Sesseln.

Wir setzten uns, als wären wir von einem Faustschlag getroffen worden. Wir brauchten eine ganze Weile, bis wir wieder bei Sinnen waren. Wir sahen uns wortlos an und schüttelten fassungslos den Kopf.

»Armes Frankreich«, sagte ich schließlich.

Marlène atmete nur tief durch.

Dann richtete sie sich in ihrem Sessel auf und sah mir direkt in die Augen.

»Willst du Antoine treffen? Ich kann ihn anrufen …«, sagte sie.

»Antoine treffen? Ich weiß nicht … Worüber soll ich nach all den Jahren mit ihm sprechen? Er lebt sein Leben und ich lebe meines.«

Marlène sah mich an.

»Weißt du«, sagte sie, »manchmal frage ich mich, was gewesen wäre, wenn ich Antoine geheiratet hätte. Mein ganzes Leben wäre anders verlaufen.« Sie band sich den Pferdeschwanz neu zusammen, und mir fiel auf, dass ihre braunen Haare immer noch kräftig und stark leuchteten, obwohl wir beide nun Mitte 50 waren.

»Claire würde nicht existieren«, sagte ich.

Sie nahm einen Schluck und sah mich durchdringend an.

»Ja«, sagte sie. »Das stimmt.«

Wir schwiegen.

Vielleicht war ich nur eines von vielen Abenteuern gewesen, die Antoine in seiner selbstsicheren Art, ohne Gedanken an irgendwelche Folgen oder Bindungen, in Fribourg gehabt hatte. Ich atmete tief durch und griff in die Schale mit Erdnüssen.

»Hast du ihn denn getroffen? Was macht er hier in New York?«, fragte ich sie.

»Ja, vor einem Jahr. Wir sind zusammen essen gegangen, nachdem ich ihn angeschrieben hatte.«

Unglaublich, dachte ich, einfach unglaublich.

In dieser Nacht saß ich am Tisch, schaute hinaus auf den Thomas-Jefferson-Park und fragte mich, ob ich Antoine treffen sollte. Der große Sportpool im Park lag im Dunkeln, kaum zu erkennen. Muss man die Gespenster nicht mit ihrem Namen ansprechen, um sie zu vertreiben? Als ich hinaussah, fiel mir ein, dass drüben, auf den Felsen im Central Park, einst die *first nations* gelebt hatten, wie man heute sagt, weil man den irreführenden und in seiner Abstraktion schon beleidigenden Begriff »Indianer« nicht mehr verwenden will. Welcher Stamm war es, der hier lebte? Ich konnte mich nicht erinnern. Sind auch ihre Geister noch hier unterwegs? Erinnert sich noch jemand an sie? Wo und wie leben ihre Nachfahren heute, fragte ich mich. Ihre Felsen waren im Central Park eingezäunt wie gigantische versteinerte Knochen. Gab es nicht irgendwo im Staat New York eine Siedlung der Mohawk? Im Flieger hatte ich in einem Reiseführer gelesen, dass die *Mohawk Steel Workers* wesentlichen Anteil an den halsbrecherischen Arbeiten auf den Stahlgestellen der New Yorker Wolkenkratzer hatten. Auch sie gehörten zu den *Haudenausanee*, den Bewohnern des Langhauses, erinnerte ich mich. Ob sie sich wohl Befehle in der Sprache der Mohawk zuriefen, wenn sie riesige Stahlträger in schwindelnder Höhe fixierten? Ich griff nach meinem Smartphone und suchte nach den berühmten Mohawk von New York. Ich las, dass sie ein Siedlungsgebiet auf der Grenze zu Kanada als souveränes Territorium beanspruchten und die Grenze zwischen den USA und dem nördlichen Nachbarn als nicht bindend betrachteten. Zumindest die Akwesasne lebten, so stellte ich mit Erstaunen fest, nicht nur *an*, sondern wortwörtlich *auf* der Grenze. Auch sie kämpften in Grundschulen und Kulturvereinen gegen den Untergang ihrer Sprache und ihres Wissens. Plötzlich erinnerte ich mich an eine Eigenheit, die ich vor vielen Jahren in Durs' Notizen gelesen hatte, dass die Mohawk nämlich jedem Menschen einen eigenen

Namen geben, einen nur ein einziges Mal vergebenen Namen. Für einen kurzen Augenblick spielte ich mit dem Gedanken, mir am kommenden Morgen einen Mietwagen zu besorgen und zu ihnen zu fahren. Aber was hätte ich dort gesucht? Vermutlich wären dort Menschen aus ihren Häusern getreten und hätten mich verwundert angesehen. Auf die Frage »How can I help you?« wäre mir keine Antwort eingefallen. In der Stille der dunklen Wohnung auf den nächtlichen Park hinabblickend, hatte ich das Gefühl, selbst in einer solchen Art Reservat zu leben, in einer Welt, deren Sprache nicht die meine ist. Die Worte, die auf CNN den Brand von Notre-Dame begleitet hatten, klangen in meinen Ohren mit einem Mal unendlich fremd, unendlich falsch. »The spire has collapsed«, hatte die Korrespondentin gesagt, ein reflexhaftes »Oh my God!« hatte eine junge Frau an der Bar geflüstert. Der Barkeeper hatte nur den Kopf geschüttelt und so etwas wie »Holy shit!« gemurmelt, und ich überlegte, wie ich diesem Moment in meiner Muttersprache Ausdruck verliehen hätte, doch ich konnte keine Antwort finden. Auf den französischen Nachrichtenseiten las ich die neuesten Spekulationen über die vermuteten Ursachen, über die Mängel bei der Aufsicht, die absehbaren Schäden. Alles schien mir hier unglaublich sachlich dargestellt, in einem beinahe bürokratisch anmutenden Stil. Auch hier wusste ich nicht, wie ich es anders hätte sagen oder beschreiben können. Meine Muttersprache passte nicht in diese neue Welt, sie war mir selbst fremd geworden, dachte ich, während ich über die Seiten scrollte. Das Rätoromanische sprechen wir wie in einem Reservat, und meine Gedanken flogen nach Hause, zu Thomas, während ich auf meinem Bildschirm Fotos der in Flammen stehenden Kathedrale sah. Marlène hatte ihren Mann verlassen, aber ich würde Thomas nicht verlassen. Marlènes Ex-Mann, Claires Vater, lebte in Zürich, die Scheidung war überraschend gekommen, zumindest für mich. Marlène hatte nicht wirklich gelitten, es war ein geradezu schmerz- und streitfreier Scheidungsvorgang gewesen, beinahe wie ein bloßer Verwaltungsakt, und ich erinnere mich noch, dass es mir aus Chur betrachtet seltsam vorkam, ich aber das Gefühl hatte, nicht wirklich zu verstehen, was in meiner Freundin vorging, als sie mir in nächtlichen Telefonaten davon erzählte. Sollte ich mir ein Urteil darüber erlauben, sollte ich sie bewundern für ihren Mut, sich scheiden zu lassen, oder war es eher ein Zeichen von Schwäche, eine Ehe so einfach aufzugeben? Mein Blick wanderte aus dem Fenster und da sah ich, unten am Rande des Parks, die Blaulichter eines Streifenwagens in der Dunkelheit. Ich stand auf und bemühte mich zu erkennen, was da unten geschah. Musste ich mir Sorgen um Leni und Claire machen? Mehrere nur in Umrissen erkennbare Gestalten standen beieinander, sie schienen sich anzuschreien.

Endlich hörte ich den Schlüssel im Schloss, Claire und Leni öffneten die Tür und stolperten, erkennbar betrunken, in die Wohnung. »Mir hent en Aff«, lachten die beiden auf Schwyzerdütsch. Wie sie sich kichernd aneinander festhielten und ungeschickt aus ihren Schuhen kletterten, musste ich schmunzeln. Ich bat sie, leise zu sein. Marlène schlief natürlich längst, sie musste am nächsten Morgen wieder früh raus. Dann drehte ich mich wieder zum Fenster und sah nach unten, wo noch immer der Streifenwagen am Rand des Thomas-Jefferson-Parks stand. Ich hörte, wie die beiden Zähne putzten, und starrte dabei wie elektrisiert hinab in das blau und rot flackernde Licht. Ich hatte das brennende Verlangen, zu erfahren, was sich da unten abspielte, auch wenn es mich nichts anging.

Als ich am Sonntag allein in Zürich landete, erinnerte ich mich plötzlich wieder an den Anblick des Streifenwagens am Rand des Parks. Ich hatte mich von Leni, Marlène und Claire in Manhattan verabschiedet und war allein mit der Bahn zum JFK hinausgefahren. Leni blieb noch eine Woche, sie hatte ja Zeit und würde erst im Herbst anfangen zu arbeiten.

Es war seltsam, alleine in der Bahn zum JFK zu sitzen, nur mit meinem Rollkoffer. Ich hatte das Gefühl, diesen Aufenthalt in New York erst einmal verdauen zu müssen. Als der Flieger über dem Atlantik war, versuchte ich verzweifelt, die Langeweile mit den Filmen des Bordprogramms zu bekämpfen, doch die Filme verursachten einen schrecklichen Ekel. Ich hatte nur einen einzigen Roman dabei, etwas Neues aus Frankreich, doch auch hier fand ich keinen Einstieg. Seit Jahren schrieben die Lehrpläne immer dieselben Klassiker vor, doch meine Versuche, die Schülerinnen und Schüler mit jüngeren Texten außerhalb des Lehrplans zu verführen, fruchteten kaum. Es ging nun um Kommunikationskompetenz, und, so schien es mir, immer weniger darum, eine andere Denkart kennenzulernen. Als Studentin, ja selbst noch in den Jahren, in denen unsere Töchter klein waren, hatte ich mit Begeisterung und Leidenschaft gelesen. Seit einigen Jahren fiel es mir jedoch schwer, beim Lesen die Zeit zu vergessen, und während ich über dem Atlantik unter meiner Schlafbrille versuchte einzuschlafen, fragte ich mich, was geschehen war mit mir und der Welt. Der leichte Druck auf meinen Augenlidern verursachte eine seltsame Entspannung. Nach einiger Zeit hatte ich das Gefühl, meine Arme gar nicht mehr heben zu können. So musste es sich anfühlen, hypnotisiert zu sein, dachte ich und versuchte, meine Augen zu öffnen, was mir aber nicht mehr gelang.

Die Lider hoben sich nicht, nur meine Augäpfel zuckten unkontrolliert. Ich hörte alles, was um mich gesprochen wurde, sehr wohl, auch das Klappern von Tischchen, das Rascheln von Decken, und doch auf eine Art und Weise, als ginge es mich schon nichts mehr an, als wäre ich im Begriff, meinen Körper zu verlassen. War mein Gefühl der Weltfremdheit nur ein um 200 Jahre verspäteter romantischer Anfall, eine hysterische Flause? Wurde ich schlicht und ergreifend alt und daher unfähig, mich in einem Roman zu verlieren, die Grandiosität der Gegenwartskunst im MoMA anzuerkennen, ja mich generell und egal wofür zu begeistern? Oder war doch etwas mit der Welt geschehen, hatte sie sich verändert?

Nostalgie war ein Gefühl, das ich mir nicht erlauben wollte, und doch überflutete es mich in diesem Moment, als würde sich ein über Jahre und Jahrzehnte aufgestauter Erdrutsch mit einem Mal lösen. Ich spürte, wie sich unter meiner Schlafbrille Tränen bildeten, und verfluchte mich für meine alberne Gefühligkeit. Doch das Bild eines Erdrutsches wollte mir nicht aus dem Kopf gehen. In meiner Heimat waren die steilen Hänge übersät mit den Spuren plötzlicher Abgänge. Vor mir sah ich in diesem Moment das kleine Dorf Brinzaul, das nicht weit von Tiefencastel liegt. Seit Jahrhunderten bewegt sich dort der Berg, mal in kleinen, beinahe unmerklichen Schritten, mal in dramatischen Gerölllawinen und gigantischen Abgängen. Riesige Steinquader liegen am Dorfrand auf den Kuhwiesen wie die Ankündigung kommenden Unheils. Sie sind die Vorboten, die es über Schutzwälle geschafft haben oder vorsorglich an den oberen Dorfrand gepflanzte Bäume einfach niederwalzten. Langfristig, so wurde in den Schweizer Medien gesagt, müsse der Ort wohl evakuiert werden, doch die Bewohner wollen nicht gehen. Wie die

Venezianer, die sich seit Jahrhunderten dagegen wehren, von Sturmfluten und dem allgemeinen und überall erkennbaren Vermoderungsprozess verschlungen zu werden, trotzen auch die Menschen von Brinzaul dem Erosionsprozess, der für ihr Dorf nur eine Richtung kennt, nach unten, bergab.

Doch erst als wir bereits gelandet waren und ich am Paketband wartend erneut an den Streifenwagen dachte, den ich nachts am Central Park gesehen hatte, änderte sich meine Stimmung allmählich. Denn die Widerborstigkeit der Menschen von Brinzaul, das Durchhaltevermögen der Venezianer, der Stolz der Mohawk von New York weckten mit einem Mal leuchtende Bewunderung in mir. Die Formel *Fighter for a lost cause* kam mir in den Sinn, vielleicht, weil ich nun fast eine Woche beständig Englisch gehört hatte, doch ich konnte mich nicht erinnern, von wem sie stammte. Diese Worte, so dachte ich, klangen nach Hemingway, und als ich meinen Koffer schließlich vom kreisenden Band wuchtete und zum Ausgang ging, wunderte ich mich, dass ich mir noch nie die Frage gestellt hatte, ob Camus eigentlich Hemingway gelesen, ihn irgendwie kommentiert oder sich anderweitig über ihn geäußert hatte. Gab es da in Stil und Gestus nicht eine große, eine geradezu ins Auge springende Verwandtschaft, fragte ich mich, als ich durch die Zollschranke ging, eine gemeinsame Sehnsucht nach dem Elementaren, dem Unvermittelten und Ungekünstelten? Key West, Hemingways selbst gewählter Ort an der Südspitze Floridas, schon mitten im Golf von Mexiko, wo das Meer ganz hellblau in der Sonne glitzert, war eine Art maritimes Lourmarin, dachte ich. Erst als ich am Bahnsteig auf meinen Zug nach Chur wartete, kam ich dazu, mein Smartphone hochzufahren. Schnell schrieb ich Thomas, dass ich gut gelandet sei und wann er mich am Bahnhof abholen könne. Dann ging plötzlich die SMS einer Kollegin ein: Beat sei gestern gestorben, das Kollegium wolle den längst pensionierten Freund angemessen würdigen, ich solle Kontakt mit ihr aufnehmen, um die Einzelheiten zu klären.

Beat ist tot, dachte ich. Er musste Ende achtzig oder Anfang neunzig gewesen sein, so ergab meine Überschlagsrechnung. Fast zwanzig Jahre war es nun her, dass er mir auf dem Parkplatz des Schulzentrums von Chur eine kurze Nachhilfestunde zur französischen Revolution gegeben hatte, mir, der Französischlehrerin, die all das eigentlich sehr gut wissen sollte. Als mein Zug in den Bahnhof rollte, fiel mir ein, dass Beat einmal bei einem Advents-Apéro in der Schule neben mir zu sitzen kam und sich unser Gespräch aus unerfindlichen Gründen irgendwann um seine musikalischen Präferenzen drehte. Nicht nur seine meist verbeulten Tweedsakkos, seine von Motten zerfressenen Wollpullover und ausgetretenen Lederschuhe, auch seine spleenige Begeisterung für die Gambenmusik des 17. Jahrhunderts war skurril. Nun ist er also gestorben, vermutlich alleine in seiner Bücherhöhle, oben bei Malix, am Berg über Chur. Er hatte mir von den Vorteilen der sogenannten »reinen Stimmung« vorgeschwärmt, bei der, anders als bei der modernen wohltemperierten Stimmung, die Intervalle in aller Klarheit und geradezu mathematischer Perfektion erklingen. Auch Beat hatte sich nach einer alten Welt gesehnt, er hatte sich in die mehrstimmige Choralmusik der Renaissance geflüchtet, die »Zeit vor Bach«, wie er sagte, und sich, so vermutete ich, immer weniger behaust gefühlt in der Gegenwart. Im Zug konnte ich der Versuchung nicht widerstehen, auf meinem Smartphone nach neuen Meldungen über den Brand in Paris zu suchen. *Paris ist ein Fest*, diesen alten Hemingwaytitel hatte man in Frankreich nach den Anschlägen von 2015 als Devise ausgegeben. Mit Grauen dachte ich zurück an den Freitagabend, als bei einem Länderspiel zwischen Deutschland und Frankreich plötzlich Detonationen zu hören waren. Thomas hatte das Spiel auf dem Sofa sitzend im Fernsehen verfolgt und sich irgendwann nach der ersten Explosion, die man zunächst für einen Feuerwerksknaller hielt, zu mir umgedreht und gesagt, da stimme doch etwas nicht. Dann saßen wir zu zweit vor dem Fernseher und trauten unseren Augen nicht, als wir die immer furchtbareren Bilder und Berichte aus Paris anstarrten. Als ich nun im Zug an diesen Abend zurückdachte und auf meinem Smartphone über die Bilder der brennenden Notre-Dame strich, quälte mich das Gefühl, dass Paris kein Fest mehr war, seit langem schon. Die Bilder des Brandes wirkten geradezu apokalyptisch. Da überfiel mich der Gedanke, dass es in meiner Welt, anders als für Hemingway oder Camus, keinen Raum mehr für ein Refugium gab. Immer wieder hatten Thomas und ich mit dem Gedanken gespielt, in Italien, im Lubéron oder einer anderen Ecke der Provence ein Ferienhaus zu kaufen. Aber jetzt wurde mir mit einem Mal klar, warum daraus nie etwas geworden war. Jeder Versuch, aus der Höhle zu kommen, führte nur in einen anderen Teil der Höhle. Das weltumspannende Netz aus Information, Terror und ökonomischer Verwertung war immer engmaschiger geworden und ließ keinen Ort des Planeten unberührt.

Da erinnerte ich mich plötzlich an Claire, an eine winzige Sekunde, in der all dies, was ich gerade zu verstehen suchte, zum Ausdruck kam. Erst jetzt wurde mir klar, was Donnerstagabend im Central Park geschehen war, als ich Antoine traf, mit Marlène zusammen, während Claire mit

Leni etwas später dazukam. Erst jetzt verstand ich, warum ich in dieser einen Sekunde begann, Abscheu für Claire zu empfinden. In einer merkwürdigen Eingebung gab ich ihren Namen und ihren Wohnort in die Suchmaschine meines Smartphones ein, und sofort ploppte ihr Foto auf. Als wir ihr Antoine vorgestellt hatten, lag eine merkwürdige Arroganz in ihrem Blick, so als könne sie unser Interesse an diesem Mann nicht nachvollziehen, als empfinde sie das Wiedersehen mit einem Studienfreund als unnütz, ja peinlich. Schnell wandte sie sich ab und die Verachtung, die in diesem Blick lag, traf mich ins Herz. Sie zielte nicht nur auf Antoine, sondern auf mich, auf meine Träume, meine Sehnsucht. Und als ich nun auf das Foto ihres LinkedIn-Profils blickte, im Zug nach Chur, erinnerte mich ihr Gesicht plötzlich an meine Schülerin Carla. Auch sie hatte diese Fähigkeit, in einen Blick alle Missgunst und alle Verachtung der Welt zu packen. Mir wurde klar, dass Claire und Carla auf dieselbe Weise ihre Haare hinter das linke Ohr steckten. Als Claire beschickert mit meiner Tochter nach Hause kam, hatte ich sie beneidet, ja ich hatte mir für einen kurzen Moment gewünscht, ich selbst wäre mit meiner Tochter ausgegangen. Grollte ich Claire deshalb? Oder lag es daran, dass die Begegnung mit Antoine auch für mich enttäuschend war? Auf Marlènes Drängen hatten wir uns verabredet, und als ich ihn nach so vielen Jahren wiedersah, erschrak ich, wie alt er geworden war. Aber auch ich war ja alt geworden, dachte ich, und vermutlich war der Anblick meines Gesichts nicht weniger niederschmetternd als der Blick in seine blau-grünen Augen. Zur Begrüßung gab er mir zwei Wangenküsse und umarmte mich kurz. Er lebte als freier Journalist in New York, Kinder hatte er nicht, und mir wurde klar, dass ich mich vor einigen Tagen getäuscht hatte, als ich glaubte, ihn mit zwei Buben gesehen zu haben. Aber wen hatte ich dann gesehen? Er erklärte ganz gelassen, dass er damals einfach aus Fribourg wegwollte, als sei er dafür niemandem eine Erklärung schuldig. Ich wagte es nicht, ihn nach Lourmarin zu fragen. Ich befürchtete, er könne mit derselben Nonchalance sagen, das sei ja lange her, er erinnere sich kaum.

Als ich aus dem Zugfenster die vertrauten Berge sah, die Chur ankündigten, wurde mir klar, dass diese Begegnung eine Enttäuschung im Wortsinn gewesen war, das Ende einer gigantischen Täuschung, einer völlig idiotischen Illusion. Wir hatten uns nichts zu sagen, und ich hatte das Gefühl, dass ihm unsere Reise in den Süden nichts bedeutete. Lourmarin gibt es nicht mehr, dachte ich. Für Camus konnte das Mittelmeer noch ein Symbol für die Utopie vom freien Leben mit Maß und Mitte darstellen. Die Küstenregionen, *la méditerranée*, waren für ihn eine Welt, in der man gut leben und gut sterben konnte. Heute war das Mittelmeer leergefischt, biologisch quasi tot, ein Durchfahrtskanal für die riesigen Frachter, die über den Suezkanal kamen, um in den großen Häfen von Genua und Marseille jene Fracht zu löschen, die in den normierten Containern über die Alpen nach Norden rollten, auf langen Güterzügen oder den nicht endenden LKW-Kolonnen. Während ich aus dem Fenster sah, wurden meine Gedanken immer dunkler. Das Mittelmeer war, so schien es mir mit einem Mal, zum Symbol für die Schande Europas geworden, zum Grab abertausender Flüchtlinge, die vor unseren Augen ertranken, Jahr um Jahr, ohne dass sich daran je etwas änderte, obwohl das Leid und die Not allabendlich zu sehen waren. Welchen Klang musste die Rede vom Mittelmeer auf der anderen Seite, in Marokko, Tunesien, Algerien oder gar den

Migrantenlagern in Libyen haben? Es schien mir plötzlich, als habe irgendwann, zunächst ganz leise, dann immer vernehmlicher, ein grausamer Gesang begonnen, ein rhythmischer Totentanz, zu dem sich nun alles in einem hüpfenden Takt bewegte. Diese Teufelsmusik drohte die ganze Welt in Trance und Wahn zu versetzen. Chur lag im Zentrum dieser Musik, an einem Durchgangsort von Nord nach Süd, genau zwischen Ost und West, ein Kreuz wie das weiße Kreuz unserer Bundesfahne. Immer lauter und dröhnender würde dieses Lied werden und zusehends den ganzen Planeten in eine rauschhafte und tödliche Bewegung versetzen, in einen Taumel sich überschlagender Ausnahmezustände.

»Vertrau auf deine Hände«, hatte Thomas gesagt, als wir zusammen über den Simplonpass kletterten. Das musste nun gut und gerne zehn Jahre her sein, dachte ich, als der Zug in Chur einfuhr und langsamer wurde. Ich blickte aus dem Zugfenster, und während die Häuser an mir vorbeiflogen, dachte ich an unsere Wanderung. Er hatte mir geraten, nicht zu weit nach vorne zu sehen, und ich konzentrierte mich immer nur auf die nächsten drei Meter, um nicht abzustürzen. Die nassen Felsen fühlten sich kalt an, als wir uns mühsam zum Grat hinaufarbeiteten.

An dieses Gefühl dachte ich zurück, als der Zug endlich hielt und sich die Türen öffneten. Diese Wanderungen waren, so erinnerte ich mich, der Grund, warum ich Thomas geheiratet hatte. Vielleicht war es sein Beruf, der ihn dazu erzogen hatte, selbst in den unglaublichsten Situationen einfach weiterzumachen, unaufhörlich, so schien es mir, die Dinge zusammenzuhalten und so den Ausbruch des Chaos zu verhindern. Er glaubte eigentlich an nichts, ja sein Denk- und Sorgenhorizont reichte immer nur bis zum Ende des Tages. Und gerade deshalb freute ich mich, ihn am Bahnhof zu sehen.

Am Abend saß ich mit Thomas im Garten. Es war sehr warm für den späten April, und ich erzählte von New York. Nächstes Jahr wollte ich mit Thomas noch einmal hinfahren. Er hatte gekocht, besonders früh, und als wir den Tisch abräumten, hatte ich das Gefühl, der Tag dürfe noch nicht zu Ende gehen. Lag das am Jetlag oder war ich durch den seltsamen Halbschlaf im Flieger in meinem Schlafrhythmus durcheinandergekommen? Irgendwie fühlte ich mich aufgekratzt und unruhig. Ich blickte hinauf in die Berge.

»Komm«, sagte ich. »Wir fahren noch mal hoch und spazieren.«

Thomas sah mich fragend an. »Na gut, warum nicht?«

Ich griff nach dem Autoschlüssel und freute mich, dachte an die Bergluft, die milde Abendsonne, den Duft des Waldes. Bevor es endgültig dunkel würde, blieben uns noch zwei Stunden.

Bibliografische Information der Deutschen Nationalbibliothek

Die Deutsche Nationalbibliothek verzeichnet diese Publikation in der Deutschen Nationalbibliografie; detaillierte bibliografische Daten sind im Internet über http://dnb.d-nb.de abrufbar.

www.wallstein-verlag.de
Vom Verlag gesetzt aus der Stempel Garamond
Umschlaggestaltung: Eva Mutter (evamutter.com)
Druck und Verarbeitung: Pustet, Regensburg
ISBN 978-3-8353-5298-8